絶望鬼ごっこ

決着の地獄小学校

針とら・作
みもり・絵

集英社みらい文庫

桜《さくら》ケ《が》島《じま》小《しょう》学《がっ》校《こう》の生《せい》徒《と》たち

6年《ねん》2組《くみ》

宮原《みやはら》 葵《あおい》

学年一《がくねんいち》の秀才《しゅうさい》でしっかり者《もの》。おせっかいでおてんばだが、密《ひそ》かに男子《だんし》から人気《にんき》。

大場《おおば》大翔《ひろと》

正義感《せいぎかん》が強《つよ》く、友達想《ともだちおも》い。ふだんは母親《ははおや》と妹《いもうと》と3人《にん》で暮《く》らしている。

章吾《しょうご》 奪還中《だっかんちゅう》!

桜井《さくらい》 悠《ゆう》

大翔《ひろと》の幼《おさな》なじみで親友《しんゆう》。小《こ》柄《がら》でマイペース。運動《うんどう》は苦《にが》手《て》だけど、ゲームは得意《とくい》。

6年《ねん》1組《くみ》
杉下先生《すぎしたせんせい》
元《もと》・桜ヶ島小学校《さくらがじましょうがっこう》の教師《きょうし》。その正体《しょうたい》は「黒鬼《くろおに》」。黒《くろ》鬼《おに》の後継者《こうけいしゃ》にするため、章吾《しょうご》をさらう。
伊藤孝司《いとうこうじ》
読書好《どくしょず》きでふだんはおとなしい性格《せいかく》だが、やるときはやる男子《だんし》。和也《かずや》と仲《なか》よし。
病院《びょういん》で、章吾《しょうご》のお母《かあ》さんを警護《けいご》(?)中《ちゅう》。
荒井先生《あらいせんせい》
元《もと》・桜ヶ島小学校《さくらがじましょうがっこう》の教師《きょうし》。鬼《おに》を祓《はら》うための符術《ふじゅつ》を、大翔《ひろと》たちにさずける。
関本和也《せきもとかずや》
クラスのムードメーカー。お調子者《ちょうしもの》でハメをはずしてよく怒《おこ》られる。孝司《こうじ》と仲《なか》よし。
金谷章吾《かなやしょうご》
学年一運動神経《がくねんいちうんどうしんけい》がよく、頭《あたま》もいい。母《はは》の命《いのち》を助《たす》けるために、「黒鬼《くろおに》」の後継者《こうけいしゃ》に…!?

前回《ぜんかい》までのあらすじ

よっ！　ガキんちょども！
はじめて読《よ》んだり、どんな話《はなし》か忘《わす》れたおまえらに
オレ様《さま》が**前回《ぜんかい》までのあらすじ**を説明《せつめい》してやるぜ！

キャキャキャキャ

母親《ははおや》の命《いのち》を助《たす》けるために、
「**黒鬼《くろおに》**」となることをえらんだ**章吾《しょうご》**。
（ムダな）**修業《しゅぎょう》**をつんだ**大翔《ひろと》**たちが
連《つ》れもどしにきたんだが……

ブッブ――！
タイムアアップ！

「**母親《ははおや》が死《し》んだ**」と
聞《き》かされて**絶望《ぜつぼう》**した**章吾《しょうご》**は
もう、**完全《かんぜん》**な**黒鬼《くろおに》**に
なっちまってるだろうぜ！

ハッピーバースデー
新《しん》・黒鬼《くろおに》！

第《だい》10弾《だん》、
ゴキゲンに
始《はじ》まるぜ～♪

キャキャキャキャ

荒《あら》井《い》先《せん》生《せい》直《じき》伝《でん》！

鬼《おに》祓《ばら》いの秘《ひ》技《ぎ》のやりかた！☆彡

① 札《ふだ》に字《じ》を書《か》こう！

（担当《たんとう》：　）

まずは札《ふだ》に、文字《もじ》を書《か》こう！
鬼《おに》を封印《ふういん》したり、脚力《きゃくりょく》を高《たか》めたり……
書《か》く文字《もじ》によって、効果《こうか》が変《か》わるぞ！
文字《もじ》をまちがえたり、崩《くず》れたりすると失敗《しっぱい》だ！

必要《ひつよう》なのは、**知識《ちしき》と集中力《しゅうちゅうりょく》**！ きれいに、すばやく、正確《せいかく》に！

② 札《ふだ》に力《ちから》をこめよう！

（担当《たんとう》：　）

文字《もじ》が書《か》けたら、神様《かみさま》に祈《いの》って札《ふだ》に力《ちから》をこめよう！
力《ちから》がこもれば、札《ふだ》が光《ひか》って呪符《じゅふ》の完成《かんせい》だ！
威力《いりょく》や効果時間《こうかじかん》は、ここで決《き》まるぞ！

必要《ひつよう》なのは、**澄《す》みきった心《こころ》**！ 笑顔《えがお》と感謝《かんしゃ》を忘《わす》れずにな！

③ 札《ふだ》を貼《は》ろう！

（担当《たんとう》：　）

呪符《じゅふ》ができたら、さっそく貼《は》りつけよう！
攻撃《こうげき》の場合《ばあい》は、鬼《おに》のツノが狙《ねら》い目《め》！
強化《きょうか》の場合《ばあい》は、自分《じぶん》の体《からだ》の部位《ぶい》に貼《は》ろう！

必要《ひつよう》なのは、**身体能力《しんたいのうりょく》**……そして、**勇気《ゆうき》**！ 恐《おそ》れず立《た》ち向《む》かっていけ！

先生《せんせい》からのアドバイス

鬼祓《おにばら》いの秘技《ひぎ》は、３人《にん》の力《ちから》をあわせて使《つか》う術《じゅつ》だ！
１人《ひとり》じゃ鬼《おに》には勝《か》てないぞ！　互《たが》いの長所《ちょうしょ》を活《い》かすんだ！
力《ちから》をあわせて……がんばろう！！！！　＼(^o^)／

章《しょう》吾《ご》黒《くろ》鬼《おに》との鬼《おに》ごっこのルール

ルール① 大《ひろ》翔《と》たちは、黒《くろ》鬼《おに》から逃《に》げなければならない。

ルール② 黒《くろ》鬼《おに》は、子《こ》供《ども》を捕《つか》まえなければならない。

ルール③ きめられた範《はん》囲《い》をこえて、逃《に》げてはならない。

ルール④ 時《じ》間《かん》いっぱい黒《くろ》鬼《おに》から逃《に》げきれれば、大《ひろ》翔《と》たちの勝《か》ちとなる。

ルール⑤ 黒《くろ》鬼《おに》に捕《つか》まったら、

1 鬼《おに》ごっこ

1

霧《きり》を抜《ぬ》けると、さびついた門《もん》のむこうに、古《ふる》びた屋敷《やしき》がそびえたっていた。

血《ち》のように真《ま》っ赤《か》に染《そ》まった空《そら》を、黒雲《こくうん》がゴウゴウと流《なが》れ去《さ》っていく。

大場《おおば》大翔《ひろと》たちは足《あし》を止《と》めると、ごくりと息《いき》をのんで屋敷《やしき》を見《み》あげた。

「いうまでもないと思《おも》うんだけど、いちおういっておくね」

となりで桜井《さくらい》悠《ゆう》がつぶやいた。

「あの建物《たてもの》、すっご〜く、いやな予感《よかん》がするよ。いやな予感《よかん》がしすぎて、逆《ぎゃく》にもう、いい予感《よかん》なんじゃないかと思《おも》うくらいだよ……」

青《あお》い顔《かお》をして、うめいている。

悠《ゆう》はのんびり屋《や》で、ドジなところもあるけれど、直感《ちょっかん》がとてもするどくて、いやな予感《よかん》がよくあたるのだ。

大翔《ひろと》は注意深《ちゅういぶか》く、屋敷《やしき》を観察《かんさつ》した。

朽《く》ちかけた、背《せ》の高《たか》い洋館《ようかん》だ。壁《かべ》はあちこちはがれ落《お》ち、窓《まど》もほとんどひびわれている。

庭園《ていえん》には、ぼうぼうと生《お》い茂《しげ》った草《くさ》。

煙《けむり》のようにただよう瘴気《しょうき》。

庭《にわ》のなかにならんだものたちに気《き》がつき、ハッとした。

鬼《おに》だった。

大《おお》きさも姿形《すがたかたち》もさまざまな鬼《おに》たちが、ずらりと2列《れつ》にならんでたっている。

まるで祈《いの》りでもささげるみたいに、胸《むね》に手《て》をあて、屋敷《やしき》のほうに頭《こうべ》を垂《た》れているのだ。

「桜ヶ島小学校《さくらがじましょうがっこう》6年《ねん》2組《くみ》、大場大翔《おおばひろと》、桜井悠《さくらいゆう》、宮原葵《みやはらあおい》、きたぞ！」

大翔《ひろと》はさけんだ。

「ちょ、ちょっと、ヒロトぉっ!?」

「誕生会《たんじょうかい》の誘《さそ》いにこたえて、やってきた！　いま、いくからな！　待《ま》ってろ！」

声《こえ》は敷地《しきち》に、朗々《ろうろう》とひびいていく。

悠《ゆう》と葵《あおい》が口《くち》もとをひきつらせる。

それでも鬼《おに》たちは、反応《はんのう》しなかった。まるで彫刻《ちょうこく》のように、ピクリとも動《うご》かない。

いつもなら、人間《にんげん》とみればヨダレを垂《た》らしておそいかかってくるようなやつらなのに。

「……まったくもう。わざわざ啖呵《たんか》きって、どうするのよ？」

宮原葵《みやはらあおい》が、ため息《いき》をついた。頭《あたま》がよくていつも冷静《れいせい》な、たよれる仲間《なかま》だ。

「でも、よくわかったわ。屋敷《やしき》のなかに、なにかがいるのよ。食欲《しょくよく》の権化《ごんげ》みたいな鬼《おに》たちが、あたしたちに興味《きょうみ》をなくすくらいの、すごいなにかが」

「いくぞ、みんな」

大翔《ひろと》は足《あし》を踏《ふ》みだした。

HIRO

キャンッ！


と、仔犬《こいぬ》がほえて、大翔《ひろと》たちの服《ふく》のすそをかんだ。

地獄《じごく》の魔犬《まけん》、ケルベロスのケルだ。本当《ほんとう》は三《み》つ首《くび》の巨犬《きょけん》なのだが、ふだんは仔犬《こいぬ》の姿《すがた》をしている。

ケルは服《ふく》のすそをかんでひっぱりながら、ぶるぶると首《くび》をふって3人《にん》を見《み》あげた。いっちゃだめ、というように。

「道案内《みちあんない》ありがとう、ケルくん。気《き》をつけて帰《かえ》ってね」

「あたしたちはいかなきゃ」

やさしく頭《あたま》をなでてやると、ケルは悲《かな》しそうな声《こえ》でクウンと鳴《な》いた。力《ちから》なくシッポをふって、3人《にん》を見送《みおく》る。

大翔《ひろと》たちは、庭園《ていえん》を進《すす》んだ。

わきをとおり抜《ぬ》けても、鬼《おに》たちはやはり動《うご》かない。

あけはなたれた玄関扉《げんかんとびら》からなかに踏《ふ》みこむと、床板《ゆかいた》が、ギシッ……と音《おと》をたててきしんだ。

だだっぴろい玄関《げんかん》ホールだった。

真《ま》っ赤《か》な絨毯《じゅうたん》に、シャンデリア。

窓《まど》から射《さ》しこむ赤銅色《しゃくどういろ》の光《ひかり》。

宙《ちゅう》にただようほこり。

左右《さゆう》と奥《おく》に、長《なが》い廊下《ろうか》がのびている。

ホール正面《しょうめん》には階段《かいだん》があり、踊《おど》り場《ば》のところで左右《さゆう》にわかれている。

「うえだよ。気配《けはい》がただよってくる」

3人《にん》は寄《よ》りあつまるようにして、階段《かいだん》をのぼっていった。

(無事《ぶじ》でいてくれ、章吾《しょうご》)

大翔《ひろと》は、心《こころ》のなかで祈《いの》った。

鬼《おに》につれさられた友達《ともだち》を——金谷章吾《かなやしょうご》をつれもどすために、大翔《ひろと》たちはここまでやってきたのだ。

早朝《そうちょう》、マンションを出発《しゅっぱつ》してから、すでにかなりの時間《じかん》がすぎている。

そのあいだ、章吾《しょうご》をさらったあの鬼《おに》が、ただ手《て》をこまねいていたとは思《おも》えない。

(いま、助《たす》けにいくからな。待《ま》ってろよ)


「この奥《おく》だよ」

ずっとむこうまでのびた、2階《かい》の廊下《ろうか》。

きしむ床板《ゆかいた》のうえを、3人《にん》は奥《おく》へと進《すす》んでいった。

ならんだドアの一番奥《いちばんおく》で、悠《ゆう》はたちどまった。

「……この部屋《へや》だよ。なにか、いる。なにか……すごく怖《こわ》いものが……」

ドアを指《さ》す指《ゆび》はふるえて、声《こえ》はうわずっている。

3人《にん》は顔《かお》を見《み》あわせ、うなずきあった。

(無事《ぶじ》でいてくれよ、章吾《しょうご》……)

大翔《ひろと》はドアノブに手《て》をかけると、一気《いっき》にひきあけた。

祈《いの》りは……とどかなかった。

2

部屋《へや》のなかは、まるで巨大《きょだい》な怪獣《かいじゅう》が踏《ふ》み荒《あ》らしていったみたいに、荒《あ》れ果《は》てていた。
壁《かべ》にはあちこち穴《あな》があき、ガレキが散《ち》らばっている。
くだけたシャンデリア。
ひき裂《さ》かれた絨毯《じゅうたん》。
バラバラになった写真《しゃしん》たて。
原形《げんけい》をとどめない残骸《ざんがい》の数々《かずかず》。
大翔《ひろと》たちは思《おも》わず、ビクッとふるえてあとずさった。
その部屋《へや》のなかにも、鬼《おに》たちがいたからだ。
十以上《じゅういじょう》の鬼《おに》たちが、ぐるりと輪《わ》になり、片《かた》ひざをついて頭《こうべ》を垂《た》れている。
……その輪《わ》の真《ま》ん中《なか》に、〝彼《かれ》〟はいた。
豪華《ごうか》なソファに腰《こし》かけて、目《め》を閉《と》じ、眠《ねむ》っているようだ。

窓枠越《まどわくご》しに赤《あか》い光《ひかり》が、〝彼《かれ》〟の寝顔《ねがお》をてらしだす。

黒色《こくしょく》に染《そ》まった全身《ぜんしん》。

顔《かお》にういた、ヘビのような赤《あか》い模様《もよう》。

左手《ひだりて》から生《は》えたカギ爪《づめ》。右手《みぎて》からたちのぼる黒《くろ》いオーラ。

ひたいから生《は》えたツノ。

「……章吾《しょうご》？」

大翔《ひろと》たちは、あっけにとられた。

鬼《おに》にかこまれて座《すわ》っているそいつは、章吾《しょうご》だった。大翔《ひろと》たちが知《し》っている姿《すがた》とは、だいぶちがっているが。

「章吾《しょうご》！　逃《に》げろっ！」

大翔《ひろと》はあわてて、スリングショットをかまえた。

章吾《しょうご》のまわりをとりかこんだ鬼《おに》たちにねらいを定《さだ》め、

「はやくこっちへこい！　逃《に》げるぞ！」

「金谷《かなや》くん！」

――大翔《ひろと》たちがさけんでも、鬼《おに》たちは反応《はんのう》しなかった。

外《そと》の鬼《おに》たちと同《おな》じだ。

彫刻《ちょうこく》のように固《かた》まって、祈《いの》りをささげている。輪《わ》の中央《ちゅうおう》で、寝息《ねいき》をたてている〝彼《かれ》〟に。

大翔《ひろと》のこめかみから、冷《ひ》や汗《あせ》がすべり落《お》ちた。


「はーい。遠《とお》いところ、よくきてくれたね」


とつぜん、陽気《ようき》な声《こえ》がひびいて、大翔《ひろと》たちはビクッとしてあたりを見《み》まわした。

「こっちだよ、こっち」

声《こえ》は、〝彼《かれ》〟の足下《あしもと》から聞《き》こえた。

「う、うわあっ!」「きゃああっ!」

悠《ゆう》と葵《あおい》が、両《りょう》わきから大翔《ひろと》に抱《だ》きつく。大翔《ひろと》も口《くち》もとをひきつらせた。

〝彼《かれ》〟の足下《あしもと》に……まんまるい目玉《めだま》がころがって、3人《にん》を見《み》あげていたのだ。

「ようこそ。章吾《しょうご》くん――新《しん》・黒鬼《くろおに》くんの、お誕生会《たんじょうかい》へ」

ニコニコというその声《こえ》は、まちがいなく杉下先生《すぎしたせんせい》のものだった。自分《じぶん》の後継者《こうけいしゃ》にするために、章吾《しょうご》をつれさった黒鬼《くろおに》だ。

「一足先《ひとあしさき》に鬼《おに》たちだけで、お誕生会《たんじょうかい》、はじめちゃってたんだ。あたらしい黒鬼《くろおに》くんの誕生《たんじょう》を、歌《うた》とか歌《うた》ってお祝《いわ》いしてたんだよ」

目玉《めだま》は声《こえ》にあわせて、コロコロところがった。

「そしたらボク……黒鬼《くろおに》くんに、八《や》つ裂《ざ》きにされちゃってさ。こんな、あられもない姿《すがた》になっちゃった。恥《は》ずかしい〜」

「…………」

大翔《ひろと》たちは、あいた口《くち》がふさがらない。

もともと、鬼《おに》っていうのは妙《みょう》な生《い》き物《もの》だけど……目玉《めだま》になってもしゃべれるなんて。

「さあ、キミたちも黒鬼《くろおに》くんの誕生《たんじょう》をお祝《いわ》いしてってよ。ハッピーバースデーとか歌《うた》ってって」

「…………」

大翔《ひろと》たちは顔《かお》を見《み》あわせ、うなずきあった。

目玉《めだま》は無視《むし》することにした。

「章吾《しょうご》。帰《かえ》るぞ」

大翔《ひろと》はズボンのポケットから、1枚《まい》の紙《かみ》きれをとりだした。

鬼祓《おにはら》いの秘技《ひぎ》。筆《ふで》ペンで『浄《ジョウ》』の字《じ》が書《か》かれ、うっすらと光《ひかり》を発《はっ》している呪符《じゅふ》だ。

「この札《ふだ》を貼《は》れば、だいじょうぶだ。体《からだ》が鬼《おに》になってても、人間《にんげん》にもどれるからよ」

大翔《ひろと》の言葉《ことば》にも、〝彼《かれ》〟は反応《はんのう》しない。

大翔《ひろと》は、1歩《ぽ》1歩《ぽ》、〝彼《かれ》〟のほうへ近《ちか》づいていった。

「帰《かえ》ろうぜ。みんな、心配《しんぱい》してる。クラスメイトも、先生《せんせい》も。……お母《かあ》さんもさ」

「…………」

ようやく、〝彼《かれ》〟が目《め》をひらいた。ぱち、ぱち、とまばたきをした。

大翔《ひろと》は息《いき》をのんだ。

ほかの鬼《おに》たちと同《おな》じ、ガラス玉《だま》のように赤《あか》い目玉《めだま》だったのだ。

〝彼《かれ》〟はヘビのように目《め》をほそめ、頭《あたま》からつま先《さき》まで、しげしげと大翔《ひろと》をみつめている。

「……ヒロト。逃《に》げよう」

悠《ゆう》がごくりと息《いき》をのんだ。

大翔《ひろと》はかまわず、〝彼《かれ》〟の頭《あたま》に手《て》をのばした。
ひたいから生《は》えた鬼《おに》の証《あかし》――ツノに、『浄《ジョウ》』の符《ふ》を貼《は》りつけた。

――カッ！

呪符《じゅふ》が、青白《あおじろ》い光《ひかり》をあげた。〝彼《かれ》〟の全身《ぜんしん》が光《ひか》りかがやいた。
一瞬《いっしゅん》だけだった。
すぐに光《ひかり》はくだけ散《ち》って、部屋《へや》はもとどおりの闇《やみ》に包《つつ》まれた。
「……え？」
大翔《ひろと》は、きょとんとした。
……『浄《ジョウ》』の符《ふ》は、ボロボロに朽《く》ちてしまっていた。
真《ま》っ黒《くろ》い消《け》し炭《ずみ》のようになり、灰《はい》になって散《ち》っていく。
〝彼《かれ》〟の体《からだ》は、鬼《おに》のままだ。
なにごともなかったように、大翔《ひろと》をみつめている。

「ど、どうして……」

「解説《かいせつ》しよう。どうして人間《にんげん》にもどらないのか？」

ぼうぜんとした大翔《ひろと》に、目玉《めだま》がしゃべりかけた。

「それはね。『浄《ジョウ》』の符《ふ》はあくまで、鬼《おに》になり、かけの人間《にんげん》をもどすためのものだからなんだ。完全《かんぜん》に鬼《おに》になった相手《あいて》には、効果《こうか》がないんだよね」

「な……」

「ざんねんだったね。もうすこしはやく着《つ》いていれば、結果《けっか》はちがっていただろうにね。くやしいね。もう、タイムアップなんだ。金谷章吾《かなやしょうご》くんを、ヒトにもどすことはできない。

つまり──」

目玉《めだま》は、人気《にんき》ゲームの全滅効果音《ぜんめつこうかおん》を口《くち》ずさんだ。

「☠GAME OVER☠ なんだよ」

「バ──バカいうんじゃねえよ！」

大翔《ひろと》は、ぶるぶると首《くび》をふった。

「悠《ゆう》、葵《あおい》！ もう一度《いちど》だ！『浄《ジョウ》』の符《ふ》をつくってくれ！ とびきり強力《きょうりょく》なやつを！」

「きょ、強力《きょうりょく》なやつっていったって……」

「ちゃんとつくったわ！」

「たのむよ！　つくってくれよ！　失敗《しっぱい》しただけだ！　もう1枚《まい》貼《は》れば、ヒトにもどるんだよ！」

大翔《ひろと》は、2人《ふたり》をふりかえってどなった。

「うふふ。かなわなくても、最後《さいご》までもがく。そういう姿勢《しせい》、ボク、とてもいいと思《おも》います。でも〝彼《かれ》〟のほうはそろそろ、おなかが減《へ》ってきたみたい」

——ゆらり。

大翔《ひろと》の背後《はいご》で、動《うご》く気配《けはい》がした。

「ヒロト！」

「うしろっ！」

ふりかえった大翔《ひろと》の左肩《ひだりかた》に。

〝彼《かれ》〟がおおいかぶさった。

……ガブッ!!

大翔《ひろと》は目《め》を見《み》ひらいた。
左肩《ひだりかた》を突《つ》きやぶって、するどい牙《きば》が皮膚《ひふ》を食《く》いやぶってくる。

「うっぎゃあああああああああ————っ！　あああああ……っ！」

大翔《ひろと》は絶叫《ぜっきょう》した。
悠《ゆう》と葵《あおい》の悲鳴《ひめい》がまじった。
目玉《めだま》がニコニコと子供《こども》たちをみつめている。
牙《きば》がひき抜《ぬ》かれ、大翔《ひろと》は床《ゆか》にうずくまった。

「グルル……。これが、人間《にんげん》の味《あじ》か」

〝彼《かれ》〟が口《くち》をひらいた。

章吾《しょうご》の声《こえ》だった。

大翔《ひろと》は肩《かた》を押《お》さえてうめきながら、〝彼《かれ》〟を見《み》あげた。

〝彼《かれ》〟は牙《きば》からしたたらせた血《ち》を指《ゆび》で拭《ふ》きとると、ワインの風味《ふうみ》でも味《あじ》わうみたいに目《め》を閉《と》じている。

「人間《にんげん》の血《ち》と肉《にく》……。すげえ、うまい」

「うふふ。味覚《みかく》も完全《かんぜん》に鬼《おに》になったようだね。黒鬼《くろおに》くん」

目玉《めだま》が〝彼《かれ》〟のまわりを、うれしそうにコロコロところがった。

「この子供《こども》たちは、キミへの誕生日《たんじょうび》プレゼントだよ。人間《にんげん》の子供《こども》のお肉《にく》。たんと味《あじ》わってお食《た》べ」

「なんだテメエ。つぎに俺《おれ》をキミ呼《よ》ばわりしたらつぶすぞ」

「失礼《しつれい》いたしました。黒鬼《くろおに》さま」

「しょ、章吾《しょうご》……」

大翔《ひろと》は左肩《ひだりかた》を押《お》さえながら、よろよろとたちあがった。

「へへ……。ま、また、芝居《しばい》なんだよな……？　こ、この前《まえ》も、そうやってたもんな……？」

「ショウゴ？　なんだそれは。俺《おれ》の名《な》は、〝黒鬼《くろおに》〟だ」

立《た》ちつくした大翔《ひろと》を興味深《きょうみぶか》そうに見《み》やり、〝彼《かれ》〟──黒鬼《くろおに》はつづけた。

「おまえの名《な》は、なんというんだ？　記念《きねん》すべき俺《おれ》の初食料《はつしょくりょう》として、名前《なまえ》を記憶《きおく》しておいてやる。よろこべ」

「お、おれだよ。大翔《ひろと》だっつうの……」

「ひろと。ひろというのか。うーむ、つまらん名《な》だな。すぐに忘《わす》れそうだ」

「ち、ちくしょう。冗談《じょうだん》なら冗談《じょうだん》って、いってくれよ……。こんなのって、ないぜ……」

大翔《ひろと》は、声《こえ》をふるわせた。

弱《よわ》りきった目《め》で、章吾《しょうご》をみつめた。

「おまえ、本当《ほんとう》に……鬼《おに》になっちまったのかよお……」

「グルル……。いいたいことはそれだけか？　では、喰《く》ってやる」

黒鬼《くろおに》は口《くち》をひらいた。するどい牙《きば》が生《は》えそろった大口《おおぐち》だ。

大翔《ひろと》へむかって、近《ちか》づいてきた。

パンパンパンッ！

と、炸裂音《さくれつおん》がひびいた。

部屋《へや》にもくもくと煙《けむり》がひろがって、黒鬼《くろおに》の視界《しかい》をおおいかくしていく。

煙《けむり》が晴《は》れると、３人《にん》の姿《すがた》はなくなっている。

「むっ？」

「……逃《に》げた？」

黒鬼《くろおに》が、不思議《ふしぎ》そうに首《くび》をかしげた。

「なぜ、逃《に》げる？　俺《おれ》が食《た》べると、いっているのに」

「うふふ。ゲームのつもりなんだよ。せっかくのお誕生会《たんじょうかい》だもの」

目玉《めだま》がこたえる。

「遊《あそ》んでくれてるんだよ。だって、ただ食《た》べるよりも、逃《に》げるのを捕《つか》まえて食《た》べるほうが、ずっとオモシロイでしょう？」

「なるほど。たしかに、そのほうがオモシロそうだ」

黒鬼《くろおに》はうなずいた。

「遊《あそ》びは、好《す》きかい？」

「うん。遊《あそ》びは大好《だいす》きだ」

「いいね。子供《こども》はそうでなくちゃ。そんな黒鬼《くろおに》さまに、一《ひと》つ遊《あそ》びを教《おし》えてあげよう」

「なんだ。教《おし》えろ」

「有名《ゆうめい》な遊《あそ》びだよ。人間《にんげん》の子供《こども》だったらだれでも知《し》ってる、おもしろい遊《あそ》びだ」

目玉《めだま》は黒鬼《くろおに》を見《み》あげると、ニコニコと笑《わら》った。

「〝鬼《おに》ごっこ〟っていうんだけどね」

3

「いったん逃《に》げるぞ！」

大翔《ひろと》たちは部屋《へや》を飛《と》びだすと、全力《ぜんりょく》ダッシュで廊下《ろうか》をひきかえし、階段《かいだん》をかけおりていった。

「ヒロトのことだから、意地《いじ》でもひかないんじゃないかと思《おも》った！」

「どうひきずっていこうかと思《おも》ったわよね！」

「ひきたくは、ねえけどさ！」

『浄《ジョウ》』の符《ふ》が効《き》かなかった以上《いじょう》、いったんひいて作戦《さくせん》をたてなおすしかない。荒井先生《あらいせんせい》と合流《ごうりゅう》すれば、きっとなにか方法《ほうほう》があるはずだ。

階段《かいだん》をおりきって、玄関《げんかん》ホールをかけ抜《ぬ》けていく。

と、玄関扉《げんかんとびら》のむこうから、のしのしと歩《ある》いてくる鬼《おに》の姿《すがた》が見《み》えた。

地獄《じごく》の獄卒《ごくそつ》、牛頭鬼《ごずき》だった。

ぶっとい腕《うで》をのばすと、外《そと》から扉《とびら》をギシギシと閉《し》めていく。

「や、やばいっ！」

大翔《ひろと》たちはあわててかけ寄《よ》った。

その鼻先《はなさき》で扉《とびら》は閉《と》じられた。

「お、おい！　あけろ！」

「閉《と》じこめないでようっ！」
ダンダンと扉《とびら》をたたき、タックルするが、びくともしない。牛頭鬼《ごずき》がむこう側《がわ》から、扉《とびら》を押《お》さえつけているのだ。
「くそ。これじゃでられねえぞ……」
「べつの出口《でぐち》をさがしましょ……」

ギシッ……

床《ゆか》のきしむ音《おと》がひびいて、３人《にん》はふりかえった。

ギシッ、ギシッ……

うえのほうからだ。階段《かいだん》をおりてくる。
大翔《ひろと》たちは、あわてて手近《てぢか》な柱《はしら》のかげに飛《と》びこんだ。

首《くび》だけだして階段《かいだん》のほうをうかがうと、黒鬼《くろおに》が踊《おど》り場《ば》にあらわれたところだ。

ギシッ、ギシッ……

1歩《ぽ》1歩《ぽ》、ゆっくりとおりてくる。
薄闇《うすやみ》に閉《と》ざされた玄関《げんかん》ホールにおりたつと、たちどまった。
それ以上《いじょう》、進《すす》んではこない。考《かんが》えこむように首《くび》をかしげている。
(な、なにしてるんだ……?)
黒鬼《くろおに》は、くるりと背《せ》をむけた。
壁《かべ》にむきあうようにたち、そのまま、動《うご》かずにいる。
(……気《き》づかれてはいないみたいだな)
(いまのうちに、べつの出口《でぐち》をさがすわよ)
大翔《ひろと》たちはうなずきあうと、壁《かべ》づたいに歩《ある》きはじめた。
黒鬼《くろおに》がたっているところを大《おお》きくまわりこむようにして、奥《おく》の廊下《ろうか》へ進《すす》んでいく。

とおりすぎるとき、黒鬼《くろおに》がなにか声《こえ》にだしてつぶやいているのがわかった。

——ご。……ろく。……しち。


数《かず》を数《かぞ》えているのだ。

壁《かべ》にむかって、目《め》をつぶって。


——はち。……きゅう。…………じゅう。


黒鬼《くろおに》がふりかえった。

「なんだ。まだそんなところにいたのか」

迷《まよ》いなく3人《にん》の姿《すがた》をみつけていった。

フッと姿《すがた》がかき消《き》える。

まばたきするあいだに、眼前《がんぜん》にたっていた。

「鬼《おに》が数《かず》を数《かぞ》えてるあいだに、もっと遠《とお》くまで逃《に》げるべきだろう。やったことないのか？　鬼《おに》ごっこ」

ぼうぜんと立《た》ちつくす3人《にん》にかまわず、一方的《いっぽうてき》に告《つ》げた。

「さあ、はじめるぞ。俺《おれ》が『鬼《おに》』で、おまえたちが『子供《こども》』だ。ルールはこうだ」

ルール①：子供《こども》は、鬼《おに》から逃《に》げなければならない。
ルール②：鬼《おに》は、子供《こども》を捕《つか》まえなければならない。
ルール③：きめられた範囲《はんい》をこえて、逃《に》げてはならない。
ルール④：時間《じかん》いっぱい鬼《おに》から逃《に》げきれれば、その子供《こども》は勝《か》ちとなる。

遊《あそ》ぶ前《まえ》にゲームのルールでも説明《せつめい》するみたいに、淡々《たんたん》と読《よ》みあげていく。

「鬼《おに》にタッチされると、アウトだ。こんな風《ふう》にな」

と、黒鬼《くろおに》が右手《みぎて》をパーの形《かたち》にひらいて、手《て》をのばしてきた。

反射的《はんしゃてき》にかまえた大翔《ひろと》のわきを抜《ぬ》け、背後《はいご》の柱《はしら》に手《て》のひらをふれた。

ビシッ！　ビシビシビシ……ッ！


ぶっとい柱《はしら》に、みるみる亀裂《きれつ》がはいっていった。

中途《ちゅうと》からへし折《お》れ、床《ゆか》に崩《くず》れ落《お》ちた。

3人《にん》はぼうぜんとした。

「では、鬼《おに》ごっこ開始《かいし》だ。さあ、逃《に》げろ。おっと、大事《だいじ》なルールを忘《わす》れていた」

黒鬼《くろおに》は、牙《きば》をむきだしにして笑《わら》った。

ルール⑤：鬼《おに》に捕《つか》まった子供《こども》は、

「に、逃《に》げろっ！」

大翔《ひろと》たちは、はじかれたように走《はし》りはじめた。

玄関《げんかん》ホールを飛《と》びだして、死《し》に物狂《ものぐる》いで廊下《ろうか》を走《はし》り抜《ぬ》ける。悠《ゆう》も葵《あおい》も、顔色《かおいろ》が真《ま》っ青《さお》だ。

あれは、鬼《おに》だ。章吾《しょうご》じゃない。生《う》まれたばかりの、黒鬼《くろおに》だ。

背中越《せなかご》しにひびく足音《あしおと》は、すぐに小《ちい》さくなっていった。走《はし》らずに、歩《ある》いて追《お》ってくるつもりらしい。

「外《そと》にでるぞ！　森《もり》に逃《に》げこめば、いくらでもかくれられる！」

「裏口《うらぐち》があるはずよ！」

走《はし》っていくと、廊下《ろうか》の奥《おく》にあった。裏口扉《うらぐちとびら》だ。

扉《とびら》の前《まえ》には、馬頭鬼《ばずき》がたちはだかっていた。

手《て》に持《も》ったヤリをビュンビュンとまわして、威嚇《いかく》している。

「強行突破《きょうこうとっぱ》するか!?」

「むちゃいわないでっ！　べつの出口《でぐち》をさがしましょう！」

3人《にん》は馬頭鬼《ばずき》の前《まえ》で、廊下《ろうか》を折《お》れた。馬頭鬼《ばずき》は追《お》いかけてはこない。

大翔《ひろと》たちは、ぐるっ、と、1階《かい》をまわるように走《はし》った。

外《そと》へつうじる扉《とびら》や窓《まど》はある。

なのに、どこからもでられない。

『アハハ、アハハハ！』

勝手口《かってぐち》の前《まえ》では、ピエロ姿《すがた》の鬼《おに》が笑《わら》い声《ごえ》をあげている。

『ごっはん、ごっはん！』

非常口《ひじょうぐち》の前《まえ》では太《ふと》った餓鬼《がき》が、扉《とびら》をふさいでいる。

――ギッチギッチギッチギッチ……

窓《まど》ガラスに群《む》がっているのは、人肉食《じんにくしょく》の鬼昆虫《おにこんちゅう》の群《む》れだ。

さらに廊下《ろうか》をかけ抜《ぬ》けていくと、窓《まど》の前《まえ》に牛鬼《ぎゅうき》がたっていた。


『とお〜りゃんせ！　とおりゃんせぇ！』


「こうなりゃ、強行《きょうこう》・とおりゃんせだあっ！」

『ゲエエッ!?』

大翔《ひろと》はデイパックにくくりつけていた木刀《ぼくとう》をふりかぶり、牛鬼《ぎゅうき》へ飛《と》びかかった。牛鬼《ぎゅうき》はギョッとして逃《に》げていった。

「ここからでるぞっ！」

窓《まど》をよじのぼり、外《そと》へ飛《と》びだそうとして——大翔《ひろと》たちは、あわてて踏《ふ》みとどまった。

窓《まど》の下《した》の地面《じめん》が、沼《ぬま》になっていたのだ。

ボコボコと泡《あわ》がたちのぼり、生《い》き物《もの》の骨《ほね》がプカプカとういている。


「きめられた範囲《はんい》をこえて、逃《に》げてはならない」


声《こえ》がひびいた。

3人《にん》はハッとしてふりかえった。

廊下《ろうか》のまがり角《かど》のむこうから、黒鬼《くろおに》が姿《すがた》をあらわした。

ゆっくりと、歩《ある》いてくる。

「外《そと》へは逃《に》がさん。ルールを守《まも》って、鬼《おに》ごっこしようぜ」

「う、うえへっ！」

大翔《ひろと》たちは階段《かいだん》をかけあがった。こうなりゃ、2階《かい》から飛《と》びおりるしかない。

2階《かい》の廊下《ろうか》をかけまわり、外《そと》への出口《でぐち》をさがした。

「だめだようっ！」

「全部《ぜんぶ》、ふさがれてるわっ！」

2階《かい》の窓《まど》には、分厚《ぶあつ》い木材《もくざい》が打《う》ちつけられ、あるいはセメントで塗《ぬ》り固《かた》められていた。

ふさがれていないところには、鬼《おに》たちがたっていた。気《き》をつけを命《めい》じられたように直立不《ちょくりつふ》動《どう》で、出口《でぐち》をふさいでいる。

「鬼《おに》の数《かず》が多《おお》すぎるとつまらないからな」

声《こえ》がひびいて、3人《にん》はハッとしてふりかえった。

廊下《ろうか》のまがり角《かど》のむこうから、黒鬼《くろおに》が姿《すがた》をあらわした。

鬼《おに》たちがいっせいに、片《かた》ひざをついて頭《こうべ》を垂《た》れた。

胸《むね》に手《て》をあて、床《ゆか》に頭《あたま》をこすりつけ、平伏《へいふく》している。

そのあいだを黒鬼《くろおに》が歩《ある》いてくる。

「ほかの鬼《おに》たちには、手《て》をださないようにいってある。これは、俺《おれ》の遊《あそ》びだからな」

と、黒鬼《くろおに》が手《て》を突《つ》きだし、かたわらにいた餓鬼《がき》のツノにふれた。


パンッ!!


餓鬼《がき》の体《からだ》が、風船《ふうせん》のようにはじけ飛《と》んだ。

パラパラと土《つち》くれになって散《ち》る。

「に、逃《に》げろっ……!」

大翔《ひろと》たちは走《はし》りだした。

はあっ、はあっ……! だんだん、息《いき》がきれてきた。むこうは歩《ある》いているだけなのに。

悠《ゆう》と葵《あおい》も、かなりキツそうだ。

廊下《ろうか》を走《はし》り抜《ぬ》けると、壁際《かべぎわ》で身《み》を休《やす》める。

「休《やす》んでいるヒマなんてないぞ」

ほんのちょっとたちどまっていただけなのに、黒鬼《くろおに》が姿《すがた》をあらわした。

「逃《に》げろよ。喰《く》うぞ」

「くそおっ！」

大翔《ひろと》はスリングショットをかまえ、ビー玉《だま》をつがえた。

ひき絞《しぼ》って撃《う》った。黒鬼《くろおに》の足《あし》にあたった。

「鬼《おに》ごっこで鬼《おに》を攻撃《こうげき》するのは、ルール違《い》反《はん》だ」

かまわず大翔《ひろと》は、もう1発《ぱつ》撃《う》った。

黒鬼《くろおに》が手《て》を掲《かか》げると、ビー玉《だま》は宙《ちゅう》で止《と》まった。

「返《かえ》そう。バーン」

「ぎゃっっ!!」

ビー玉《だま》に腕《うで》を撃《う》たれて、大翔《ひろと》はスリングショットをとりおとした。

「ひ、ヒロトぉっ！」

「あ、あううっ……」

「そら、走《はし》れ。逃《に》げるんだ。逃《に》げるのを捕《つか》まえるのが、オモシロイんだからな」

「くっ！」

大翔《ひろと》たちはまた走《はし》りだした。

足音《あしおと》に追《お》いたてられるようにして、屋敷《やしき》のなかを逃《に》げつづける。

「どうした？　もっと速《はや》く走《はし》れよ。おそくなってきたぞ」

どこまで逃《に》げても、足音《あしおと》はとつぜんあらわれ、追《お》ってきた。

のんびりとさえした足《あし》どりで、1歩《ぽ》1歩《ぽ》、追《お》いたててくる。

「おもしろいな、鬼《おに》ごっこ。こんなおもしろい遊《あそ》び、はじめてだ。楽《たの》しいぜ」

ふりきれない。

どれだけひきはなしたと思《おも》っても、ふりかえると黒鬼《くろおに》が姿《すがた》をあらわす。

3人《にん》は階段《かいだん》をかけあがった。

ぜえっ、ぜえっ、ぜえ……っ！


限界《げんかい》だ。

心臓《しんぞう》が、バクバクとあばれまわっている。息《いき》があがって、足《あし》に力《ちから》がはいらない。

「はあっ、はあっ……！　も、もうっ、だめだようっ！」

「あたしもっ、ムリ……っ！」

「いったん、どこかにかくれるぞ……！」

のびた廊下《ろうか》に、ずらりとドアがならんでいる。どこかにかくれて、やりすごすしかない。

葵《あおい》が廊下《ろうか》を奥《おく》まで走《はし》ると、階段《かいだん》へバッグをほうりなげてもどってきた。べつの階《かい》へ逃《に》げたようにみせかけるフェイントだ。

「なかへ！」

3人《にん》はドアの1つをひらくと、部屋《へや》にころがりこんだ。

ドアを閉《し》め、カギをかけようとして……思《おも》いとどまる。カギなんかかけたら、この部屋《へや》にかくれてるって宣言《せんげん》してるようなものだ。

そこは、だだっぴろい寝室《しんしつ》だった。天蓋《てんがい》つきのベッドや、テーブルがおかれている。バスルームへのドア。ガラス戸《ど》のむこうにはベランダがあるが、窓《まど》には木板《もくはん》が打《う》ちつけられている。

「ど、どこにかくれる……？　悠《ゆう》に、たくしたぜ……」

「かくれんぼは、悠《ゆう》の十八番《おはこ》だしね……」

「うう。いやな予感《よかん》がありすぎて、よくわからないんだってばあ……」

悠《ゆう》は部屋《へや》のなかを見《み》まわすと、それでもちょっとだけ迷《まよ》ってから、すみのクロゼットを指《ゆび》さした。

3人《にん》でなかにはいり、戸《と》を閉《し》めて身《み》をちぢこまらせる。

みつからないよう、祈《いの》るしかない。

……………ギシッ

足音《あしおと》がひびいてきた。
閉《し》まったドアのむこう。
のびた廊下《ろうか》の突《つ》きあたり。
階段《かいだん》の床板《ゆかいた》を、1歩《ぽ》1歩《ぽ》、踏《ふ》みしめて歩《ある》いてくる足音《あしおと》。

ギシッ、ギシッ……

近《ちか》づいてくる。
階段《かいだん》をのぼり、廊下《ろうか》を歩《ある》いてくる。

――ガチャッ

ドアをあける音《おと》。

「……いない」

黒鬼《くろおに》の声《こえ》。

さぐっているのだ。部屋《へや》のなかを。

1つ1つ部屋《へや》に踏《ふ》みこみ、大翔《ひろと》たちがいないか確認《かくにん》するつもりだ。

ギシッ、ギシッ……
――ガチャッ
「いない」
ギシッ、ギシッ
――ガチャッ

「いない」

ギシッ、ギシッ、ギシッ、ガチャッ

「いない」

近《ちか》づいてくる。
3人《にん》は、クロゼットのなかで息《いき》を殺《ころ》した。

……………………ガチャッ

ドアがひらいた。
3人《にん》がかくれた部屋《へや》のドアだ。

「どこにかくれた……？　バッグはフェイクで、この階《かい》にかくれてるんじゃないかと思《おも》ったんだが」

ギシッ、ギシッ……

部屋《へや》に侵入《しんにゅう》してきた。

ザクッ!!

と、ベッドにカギ爪《づめ》を突《つ》きたてた。

悲鳴《ひめい》をあげそうになった悠《ゆう》の口《くち》を、大翔《ひろと》は必死《ひっし》にふさいだ。声《こえ》をだしたらアウトだ。

黒鬼《くろおに》がカギ爪《づめ》をひき抜《ぬ》いた。

「いない」

バスルームのドアをあけた。

ガッシャアアンッ！

ガラスのくだけ散《ち》る音《おと》がひびきわたった。

ぶるぶるとふるえる葵《あおい》と肩《かた》を組《く》む。大翔《ひろと》の体《からだ》もふるえた。

バタン、とバスルームのドアが閉《と》じた。

「いない」

バキッ！　ベキッ！　グシャッ！

部屋《へや》のなかをなぎ払《はら》う音《おと》がひびいた。
もうなにをこわしているのかもわからない。3人《にん》はきつく抱《だ》きあった。

「いない」

黒鬼《くろおに》が、クロゼットの前《まえ》にたった。
ぼそぼそとささやく声《こえ》が聞《き》こえる。

「……どこにもいない。どうやら、見失《みうしな》ってしまったようだ。おもしろい。なんておもしろいんだ、鬼《おに》ごっこ」

(か、神様《かみさま》っ……!)
大翔《ひろと》たちは必死《ひっし》に祈《いの》った。
ドクドクと打《う》ちつづける心臓《しんぞう》の音《おと》すら、外《そと》へもれだしているんじゃないかと思《おも》った。

「……深読《ふかよ》みをしすぎたか。べつの階《かい》へ逃《に》げたんだろうな」

ギシッ、ギシッ、ギシッ…………

足音《あしおと》が、寝室《しんしつ》から遠《とお》ざかっていく。

ガチャッ。バタン。

扉《とびら》をあけ閉《し》めする音《おと》。

……………。

それきり、しずかになった。

もう足音《あしおと》は聞《き》こえてこない。

それでも3人《にん》は息《いき》を殺《ころ》したまま、動《うご》かなかった。

たっぷり5分《ふん》は待《ま》ってから、ようやく、息《いき》を吐《は》きだした。

「び、びびったわ……」

「し、心臓《しんぞう》が止《と》まるかと思《おも》ったよう……」

「へへ……。さ、さすが悠推薦《ゆうすいせん》のかくれ場所《ばしょ》だな……」

胸《むね》をなでおろし、うなずきあう。

と。

なんの前《まえ》ぶれもなく。

——ガラララッ

クロゼットの戸《と》がひらいた。

「いた」


黒鬼《くろおに》がたっていた。

クロゼットのなかに座《すわ》りこんだ3人《にん》を、腕組《うでぐ》みして見下《みお》ろし、ニヤニヤしている。

「でてったふりして、もどってみたんだ。足音《あしおと》を消《け》すくらい、カンタンなんだよ。だめじゃないか、油断《ゆだん》したら」

ひらひらと右手《みぎて》をふってみせる。

「さあ、逃《に》げろ。いっせいに逃《に》げれば、1人《ひとり》くらいは助《たす》かるかもな？」

手《て》をのばしてきた。

悠《ゆう》も葵《あおい》も、動《うご》けない。

「くっそおっ！」

大翔《ひろと》ははじけるように飛《と》びだすと、黒鬼《くろおに》につかみかかった。

「悠《ゆう》！　葵《あおい》！　走《はし》れ！」

のばされた腕《うで》をかかえこみ、ふところに飛《と》びこむ。背負《せお》い投《な》げだ！

「でっやあああっ―――」

――つかんだ感触《かんしょく》が消《き》えうせた。

たたらを踏《ふ》んだ大翔《ひろと》の眼前《がんぜん》に、黒鬼《くろおに》が顔《かお》を突《つ》きだして笑《わら》った。

大翔《ひろと》の胸《むね》に、手《て》をふれた。

「タッチ☠」

大翔《ひろと》の体《からだ》は、ふっ飛《と》んだ。

窓《まど》ガラスを木板《もくはん》ごと突《つ》きやぶり、ベランダの柵《さく》に背中《せなか》からたたきつけられた。

そのまま、前《まえ》のめりにたおれこむ。

悠《ゆう》と葵《あおい》の悲鳴《ひめい》が、ぼんやりと聞《き》こえる。

「では、約束《やくそく》どおり喰《く》ってやる。えっと……すまんな、名前《なまえ》を忘《わす》れた」

黒鬼《くろおに》が近《ちか》づいてくる。

大翔《ひろと》はたちあがろうとしたが、ムリだった。手足《てあし》がふるえるだけで、体《からだ》が動《うご》かない。

「のこりの2人《ふたり》は、いまのうちに逃《に》げていっていいぞ。こいつを喰《く》いおわったら、また追《お》ってやるから」

「金谷《かなや》くん、やめてよっ！　そんなの、金谷《かなや》くんじゃないよ！」

「大翔《ひろと》は、あなたの友達《ともだち》でしょっ！」

悠《ゆう》と葵《あおい》が、必死《ひっし》に黒鬼《くろおに》の腰《こし》にしがみつく。

ものともせずに、黒鬼《くろおに》は歩《ある》いていく。

「……〝友達《ともだち》〟？」

不思議《ふしぎ》そうに、訊《き》きかえした。

「〝友達《ともだち》〟って、なんだ？」

考《かんが》えこむように、首《くび》をひねっている。

「友達《ともだち》は、友達《ともだち》だよっ！」

「そんなことも忘《わす》れちゃったの!?」

「……友達《ともだち》？　ともだち？　トモダチ……？　う、グウウ……」

グルグルとのどの奥《おく》から、うなり声《ごえ》をあげている。

頭《あたま》でも痛《いた》むみたいに、ぶるぶると首《くび》をふった。

「友達《ともだち》……。い、一緒《いっしょ》に遊《あそ》んだり、笑《わら》ったり、する……？」

「そうだよっ！　思《おも》いだしてくれた!?」

悠《ゆう》の顔《かお》が、パッとかがやいた。

「おまえらは……友達《ともだち》……？」

「そうよ！」

葵《あおい》が力強《ちからづよ》くうなずきかける。

「う、グウウ……」

黒鬼《くろおに》は、のろのろとベランダにでると、たおれた大翔《ひろと》を見下《みお》ろした。

胸《むな》ぐらをつかんで持《も》ちあげると、じいっと大翔《ひろと》をみつめている。

「おまえは、俺《おれ》の、一番《いちばん》の友達《ともだち》……？」

悠《ゆう》と葵《あおい》が、うんうんとうなずく。

「そうか……。なるほど」

黒鬼《くろおに》は、納得《なっとく》したようにうなずいた。

牙《きば》をむきだしにすると……ペロリ、と、舌《した》なめずりをした。

「友達《ともだち》だから、こんなに、うまそうなんだなあ……」

ぼた、ぼた、とヨダレが垂《た》れ落《お》ちる。悠《ゆう》と葵《あおい》が言葉《ことば》を失《うしな》う。

「首《くび》を咬《か》みちぎってやる」

大翔《ひろと》の首《くび》の根《ね》に、牙《きば》を突《つ》きたてた。

「か、金谷《かなや》くん!!　やめてっ！」

「ヒロトを食《た》べちゃダメだああっ！」

「おまえら、無事《ぶじ》かっ！」

部屋《へや》のドアが、ふっ飛《と》ぶようにひらいた。

4

飛《と》びこんできたのは、荒井先生《あらいせんせい》だった。

ぜえぜえと息《いき》をきらし、野球《やきゅう》のバットを掲《かか》げてさけんだ。

「なんなんだこの館《やかた》は！　どの入《い》り口《ぐち》も鬼《おに》がふさいでるし！　しかたないから、壁《かべ》ぶっこわしてきたぞ！」

もとから全身傷《ぜんしんきず》だらけな人《ひと》だけど、いまは輪《わ》をかけてボロボロだった。

ぶんっ！　とバットをふって、部屋《へや》に踏《ふ》みこんでくる。

「おまえら、無事《ぶじ》かっ！」

「無事《ぶじ》だぜ、せんせい……」

「無事《ぶじ》すぎて泣《な》きそうだよう……」

「ほんと無事《ぶじ》……」

3人《にん》は力《ちから》なくこたえた。大翔《ひろと》は黒鬼《くろおに》につかみあげられ、悠《ゆう》と葵《あおい》は黒鬼《くろおに》の足下《あしもと》でへたりこんでいる。

荒井先生《あらいせんせい》はうなずいた。

「……すげえ無事《ぶじ》そうでなによりだ」

それから黒鬼《くろおに》に目《め》をやった。

「金谷《かなや》だな？　くそ。完全《かんぜん》に鬼《おに》になっちまったか……」

「そういうおまえは、おかわりの肉《にく》か？」

黒鬼《くろおに》は荒井先生《あらいせんせい》を見《み》やると、興味《きょうみ》なさげにあごをしゃくった。

「まずそうだから、いっていいぞ。肉《にく》がかたそうだし、骨《ほね》ばってそうだ」

「いきなり失礼《しつれい》なやつだな。俺《おれ》はうまいぞ。牛頭鬼《ごずき》に喰《く》われたことだって、あるんだからな」

荒井先生《あらいせんせい》が抗議《こうぎ》する。

「宮原《みやはら》。桜井《さくらい》。『浄《ジョウ》』の符《ふ》は、どうだったんだ？」

2人《ふたり》は、ぶるぶると首《くび》をふった。

「やっぱり、効《き》かなかったんだな。ちくしょう。予想《よそう》はしてたけどよ……」

「あんな子供《こども》だましの札《ふだ》が、俺《おれ》に効《き》くわけないだろう」

黒鬼《くろおに》が肩《かた》をすくめてみせる。

「そうだな。おまえにつうじるのは、こっちだよな」

と、荒井先生《あらいせんせい》は上着《うわぎ》のふところに手《て》をいれた。

紙《かみ》きれを1枚《まい》とりだすと掲《かか》げた。呪符《じゅふ》だ。

「二度《ど》いわすな」

黒鬼《くろおに》が、いらだたしげに首《くび》をふった。

「そんな呪符《じゅふ》など、俺《おれ》には——」

と、言葉《ことば》をきった。

じっ、と目《め》をほそめて、呪符《じゅふ》をみている。

その札《ふだ》の色《いろ》は……真《ま》っ黒《くろ》だった。

模様《もよう》のような複雑《ふくざつ》な字《じ》が描《えが》かれ、ぼんやりと黒《くろ》く発光《はっこう》している。

「わかるようだな？　この札《ふだ》なら、おまえにも効《き》くぞ。切《き》り札《ふだ》ってやつだ」

荒井先生《あらいせんせい》が札《ふだ》を掲《かか》げ、黒鬼《くろおに》のほうへ歩《ある》いていく。

「さあ、この場《ば》は退《ひ》け」

「……………」

「そいつらをはなして、さっさといくんだ」

「……切《き》り札《ふだ》は、かくしておかなきゃ意味《いみ》がない」

と、黒鬼《くろおに》が肩《かた》をすくめる。

大翔《ひろと》をベランダに投《な》げだした。

荒井先生《あらいせんせい》が一瞬《いっしゅん》、気《き》をそらしたすきに、姿《すがた》を消《け》した。

先生《せんせい》が目《め》を見《み》ひらいた。

「しまっ――」

「だまって貼《は》るべきだったな」

黒鬼《くろおに》の手《て》が、荒井先生《あらいせんせい》の背《せ》にふれた。

こんどは荒井先生《あらいせんせい》の体《からだ》がふっ飛《と》んで、大翔《ひろと》の横《よこ》にころがった。

「く、そ……。おまえ、先生《せんせい》は、いたわれよ……。おまえより、年寄《としよ》りなんだから……」

「いたわって喰《く》うよ」

黒鬼《くろおに》は近《ちか》づいてきた。

荒井先生《あらいせんせい》の体《からだ》をかるがると持《も》ちあげると、じいっ……とみつめている。

また、頭《あたま》でも痛《いた》むみたいに、まゆの部分《ぶぶん》をひそめる。

ふり払《はら》うように首《くび》をふった。

「喰《く》ってやる」

先生《せんせい》の首《くび》すじに、牙《きば》を寄《よ》せる。

「させるかっ!!」

大翔《ひろと》は黒鬼《くろおに》に飛《と》びかかった。

やぶれかぶれのショルダータックルだ。3人《にん》まとめて、ベランダの柵《さく》にぶちあたった。

バキキッ!!

ベランダの柵《さく》がくだけ散《ち》った。

大翔《ひろと》と黒鬼《くろおに》と荒井先生《あらいせんせい》は、ぽおんと宙《ちゅう》にほうりだされた。

「ケルくんっ！」


犬笛《いぬぶえ》の音《おと》とともに、ワンッ！　と犬《いぬ》の鳴《な》き声《ごえ》がした。

大翔《ひろと》は、やわらかい毛並《けな》みのうえに落下《らっか》した。

ケルが屋敷《やしき》の外《そと》で待《ま》っていてくれたのだ。二階家《にかいや》ほどもあるサイズになって、大翔《ひろと》の体《からだ》を受《う》けとめてくれた。

シッポでクルンと、荒井先生《あらいせんせい》の体《からだ》を巻《ま》きとる。

黒鬼《くろおに》は地面《じめん》へ落《お》ちていく。

「章吾《しょうご》っ！」

大翔《ひろと》は身《み》を乗《の》りだした。ケルがあわてて鼻先《はなさき》で押《お》しかえす。

落《お》ちていく黒鬼《くろおに》の背《せ》から――翼《つばさ》が生《は》えた。

バサリと空《そら》へ舞《ま》いあがると、うかんだ月《つき》を背《せ》に、大翔《ひろと》たちを見下《みお》ろしている。

ガウ！　ガウガウッ！

ケルが足《あし》を突《つ》っぱって、黒鬼《くろおに》にむかってほえたてた。脚《あし》はブルブルとふるえていて、ゆっくりとうしろへさがっていく。

黒鬼《くろおに》は、気《き》づいたように空《そら》を見《み》わたした。

赤《あか》く染《そ》まっていた空《そら》は、いつの間《ま》にか、夜《よる》の闇色《やみいろ》にしずんでいた。

「時間《じかん》いっぱい鬼《おに》から逃《に》げきれれば、その子供《こども》は勝《か》ちとなる。……ここまでにしようか。この鬼《おに》ごっこは、おまえらの勝《か》ちだ」

大翔《ひろと》たちを見下《みお》ろし、ニッと笑《わら》った。

「……思《おも》いだしたぜ。宮原《みやはら》。桜井《さくらい》。……大翔《ひろと》」

大翔《ひろと》たちは、黒鬼《くろおに》を見《み》かえした。

「思《おも》いだしたら、あたらしい遊《あそ》びを思《おも》いついた。一息《ひといき》吐《つ》いたら、つぎの勝負《しょうぶ》といこう。……おまえと勝負《しょうぶ》するの、楽《たの》しいんだ」

と、大翔《ひろと》を指《ゆび》さした。
大翔《ひろと》は、ハッと息《いき》をのんだ。
ニヤッと笑《わら》う黒鬼《くろおに》の表情《ひょうじょう》が、見《み》なれた顔《かお》に重《かさ》なって見《み》えたのだ。
いつも大翔《ひろと》の勝負《しょうぶ》を受《う》けて、不敵《ふてき》に笑《わら》っていた章吾《しょうご》の顔《かお》に。
「ひとまず休憩《きゅうけい》だ。せいぜい体《からだ》を休《やす》めておけ。じゃあな」
バサリと翼《つばさ》をはためかせると、黒鬼《くろおに》は飛《と》び去《さ》っていった。

2 ピンポン鬼《おに》

1

黒鬼《くろおに》がいなくなった館《やかた》のなかは、しん……としずまりかえっていた。

玄関《げんかん》ホールにも、廊下《ろうか》にも……あれだけたくさんいた鬼《おに》たちが、1匹《ぴき》も見《み》あたらなくなっている。

大翔《ひろと》たちは廊下《ろうか》を進《すす》んでいくと、ドアをあけた。

「あ、みつかっちゃった〜」

荒《あ》れ果《は》てた部屋《へや》のなかにのこっていたのは、杉下《すぎした》先生《せんせい》の目玉《めだま》だけだった。ほかの鬼《おに》たちは、姿《すがた》を消《け》していた。

「パーティのあとって、さびしいものだよね。みんな、もう帰《かえ》っちゃったよ」

無言《むごん》で見下《みお》ろす大翔《ひろと》たちを、楽《たの》しげにニコニコと見《み》あげている。

「それじゃあ、みんな、おつかれさまでした☆　ボクも地獄《じごく》に帰《かえ》るね。まったね〜♪」

コロコロところがって、部屋《へや》をでていこうとする。

その目玉《めだま》の前《まえ》に、葵《あおい》がくつを突《つ》きだした。

とおり道《みち》をふさがれて、目玉《めだま》が止《と》まる。

「それじゃあ、ボクも地獄《じごく》に帰《かえ》るね。まったね〜♪」

葵《あおい》のくつをよけて、ころがっていこうとする。

その目玉《めだま》の前《まえ》に、悠《ゆう》がくつを突《つ》きだした。

とおり道《みち》をふさがれて、目玉《めだま》が止《と》まる。

「ちょっと、ちょっと。気《き》をつけてよ〜。ジャマだよ〜」

ピョンピョン跳《は》ねて、抗議《こうぎ》する。

「それじゃあ、ボクも地獄《じごく》に帰《かえ》るね。まったね〜♪」

悠《ゆう》のくつをよけて、ころがっていこうとする。

その目玉《めだま》の前《まえ》に。

大翔《ひろと》はたちふさがった。

「……いまからおれたちが訊《き》くことにこたえろ」

じっと目玉《めだま》を見下《みお》ろすと、３人《にん》で足《あし》を持《も》ちあげた。

「こたえなければ、踏《ふ》みつぶす」

「踏《ふ》みつぶすわ」

「踏《ふ》みつぶすしかないね」

「あはは。みんな、コワイ。目《め》がコワイ。ボクの目《め》を見習《みなら》ってよ。こう、キラキラ〜☆って」

「だれのせいで」

「こうなったと」

「思《おも》ってるんだ」

てんでに踏《ふ》みつけてやると、目玉《めだま》はコロコロころがって、子供《こども》たちの足《あし》のあいだを逃《に》げまわった。

「荒井先生《あらいせんせい》、助《たす》けて〜。子供《こども》たちが、かよわい目玉《めだま》をいじめるんです〜」

「それはよくないですな、杉下先生《すぎしたせんせい》。俺《おれ》が代《か》わりに踏《ふ》みつぶしてあげましょうか？」

「あ、ひどい。荒井先生《あらいせんせい》ったら、血《ち》も涙《なみだ》もない。こんなにかわいい目玉《めだま》をいじめるなんて、近《ちか》ごろの学校教育《がっこうきょういく》はどうなっているのかな？　抗議《こうぎ》します」

「訊《き》くことにこたえろよ？　おれ、いま、めちゃくちゃ怒《おこ》ってるからな？」

大翔《ひろと》は、右足《みぎあし》を高々《たかだか》と持《も》ちあげた。

「章吾《しょうご》に、なにをしたんだよ？」

「そ、そう怒《おこ》らないでよ〜」

目玉《めだま》はパチリとウインク（っていうのか？　この場合《ばあい》）してこたえた。

「黒鬼《くろおに》の力《ちから》を、ゆずりわたしただけだってば♪」

「おととい会《あ》ったときは、あんなじゃなかったよ。黒鬼《くろおに》の後継者《こうけいしゃ》になんかならないって、金谷《かなや》くん、いってたんだ」

悠《ゆう》が目玉《めだま》をにらみつける。

「あれからいったい、なにがあったの？　金谷《かなや》くんに、なにをしたのさ？」

「ひ・み・つ♪　な・い・しょ♫　英語《えいご》でいったら、シークレット★」

――ドンッ

大翔《ひろと》は無言《むごん》で足《あし》を踏《ふ》み下《お》ろした。

「ひぃぃ。コワイよ～。真《しん》の黒鬼《くろおに》になるために、必要《ひつよう》なことをしただけだってば～」

目玉《めだま》は半泣《はんな》きになってこたえた。

「必要《ひつよう》なことってなに？　目玉焼《めだまや》きになりたくなかったらこたえなさい」

葵《あおい》がライターをとりだし、火《ひ》をつける。

「うふふ。みんな、鬼《おに》♪　ボクよりよほど鬼《おに》♪　鬼《おに》になるために必要《ひつよう》なことといったら、ヒトの心《こころ》を捨《す》てることにきまってるじゃないか」

「ヒトの心《こころ》を……」

「心《こころ》が鬼《おに》になれないかぎり、いくら体《からだ》を鬼《おに》に近《ちか》づけたところで、黒鬼《くろおに》にはなれないんだよ。

だから、心《こころ》をヒトの形《かたち》につなぎとめるものを、断《た》ちきる必要《ひつよう》があったんだ。キミたち人間《にんげん》が、『きずな』って呼《よ》ぶものをね」

目玉《めだま》は、コロコロところがってつづけた。

「特《とく》に厄介《やっかい》なのが、『親子《おやこ》』のきずなだ。人間《にんげん》の親《おや》が子《こ》を想《おも》う気持《きも》ちっていうのは、ボクたち鬼《おに》にとっては、毒《どく》みたいなものだからね」

「〝ことろことろ〟のルールね」

葵《あおい》がうなずいた。

ことろことろというのは、現代《げんだい》の鬼《おに》ごっこのもとになった、最古《さいこ》の鬼《おに》ごっこのことだ。その遊《あそ》びのなかでは、鬼《おに》と子《こ》以外《いがい》に『親《おや》』という役《やく》があって、子《こ》を守《まも》る役割《やくわり》を負《お》っていた。

現代《げんだい》よりも、鬼《おに》や魔《ま》の存在《そんざい》が身近《みぢか》だった時代《じだい》。

昔《むかし》の人《ひと》たちは、そうした子供《こども》の遊《あそ》びに託《たく》して、鬼《おに》の弱点《じゃくてん》を伝《つた》えのこそうとしたのだ。

「だからボクは、章吾《しょうご》くんの持《も》っていた親子《おやこ》のきずなを断《た》ちきってあげたんだ。それだけだよ」

「断《た》ちきったって……」

「きまってるじゃない。章吾《しょうご》くんのお母《かあ》さんの命《いのち》を、うばったのさ」

こともなげにいうと、目玉《めだま》はしゃべりはじめた。

入院《にゅういん》している章吾《しょうご》のお母《かあ》さんのところに、見舞《みま》いのふりをしていったこと。

安静《あんせい》にしていなくちゃいけないお母《かあ》さんに、章吾《しょうご》が鬼《おに》になったことを知《し》らせたこと。わざわざ写真《しゃしん》まで用意《ようい》して。

ショックを受《う》けたお母《かあ》さんは容態《ようだい》が急変《きゅうへん》し、亡《な》くなったこと。

そのことを、全身《ぜんしん》が鬼《おに》になって、意識《いしき》がもうろうとしている章吾《しょうご》に告《つ》げたことを。

「うふふ。キミたちのことを裏《うら》ぎってまで守《まも》りたかった、大切《たいせつ》なお母《かあ》さんだったのに。自《じ》分《ぶん》が鬼《おに》になったことで、失《うしな》ってしまった。その絶望《ぜつぼう》にのまれて、彼《かれ》のヒトとしての心《こころ》は、消《き》えてしまったんだよ」

目玉《めだま》はうれしそうに語《かた》りながら、大翔《ひろと》たちをみつめた。

白《しろ》い眼球《がんきゅう》。

コーヒー色《いろ》の虹彩《こうさい》。

目玉《めだま》の奥《おく》にあいた真《ま》っ暗《くら》な穴《あな》から、魅入《みい》られたように目《め》がはなせない。

（お母《かあ》さんを、殺《ころ》されたなんて……）

大翔《ひろと》は体《からだ》のわきで、ぶるぶると拳《こぶし》をふるわせた。

章吾《しょうご》のことを思《おも》うと、頭《あたま》がぐつぐつと沸騰《ふっとう》し、なにも考《かんが》えられなくなっていく。

「悲劇《ひげき》のフィナーレはこれからだ。友達《ともだち》のきずなを断《た》つことで、章吾《しょうご》くんは黒鬼《くろおに》として完《かん》成《せい》するんだ」

目玉《めだま》はニコニコと笑《わら》ってつづけた。

「彼《かれ》が友達《キミたち》を、捕《つか》まえて喰《く》う。それが、この鬼《おに》ごっこの結末《けつまつ》なんだよ」

2

「ともかく、こんなところ、さっさとおさらばするぞ」

荒井《あらい》先生《せんせい》は、大翔《ひろと》の左肩《ひだりかた》を消毒《しょうどく》して包帯《ほうたい》を巻《ま》くと、子供《こども》たちにうなずきかけた。

「街《まち》までは、どうやってもどる？　先生《せんせい》の車《くるま》、こわれちゃったろ？」

「ボクの車《くるま》を使《つか》っていいよ」

と、ペットボトルのなかから、目玉《めだま》がいった。よっぽど踏《ふ》みつぶしてやろうかと思《おも》ったけれど、捕《つか》まえて連行《れんこう》することにしたのだ。目玉《めだま》はアップルジュースのなかに、プカプカとうかんでいる。

全員《ぜんいん》、ジト目《め》で目玉《めだま》をにらんだ。

「ワナじゃないでしょうね？」

「ひどいなあ。ボクがいままで、一度《いちど》でもみんなをワナにかけたことがあった？」

「…………」

「あ、ムシだ。『むしろワナにかけられたことしかないだろ！』ってツッコんでほしかったのに、完全《かんぜん》ムシだ。目玉《めだま》は悲《かな》しいです。安心《あんしん》してよ。ワナじゃないから。車《くるま》、乗《の》ってってよ」

大翔《ひろと》たちは屋敷《やしき》をでると、裏口《うらぐち》のわきに停《と》められていた車《くるま》に乗《の》りこんだ。

ピカピカの高級外車《こうきゅうがいしゃ》をみつめ、鬼《おに》ってもうかるんだな……と荒井先生《あらいせんせい》がぼやく。

「それで、これからどうするつもりなんだい？」

車《くるま》はのろのろと走《はし》っていく。

屋敷《やしき》をあとにして、木々《きぎ》にはさまれたせまい小道《こみち》をもどった。

陽《ひ》は暮《く》れ、あたりは真《ま》っ暗《くら》だ。

車《くるま》のなかは、重《おも》い沈黙《ちんもく》に包《つつ》まれている。

その沈黙《ちんもく》を一切《いっさい》気《き》にせず、目玉《めだま》がペラペラとしゃべりかける。

「黒鬼《くろおに》くんに、『浄《ジョウ》』の符《ふ》は効《き》かない。打《う》つ手《て》はない。どうやって逃《に》げまわるつもりなんだい？」

「打《う》つ手《て》なら、まだある」

大翔《ひろと》はいいかえした。

「あいつはまだ、完全《かんぜん》な鬼《おに》じゃねえ。きずなが心《こころ》をヒトの形《かたち》につなぎとめるなら、おれたちがいるかぎり、あいつの心《こころ》は鬼《おに》になりきれないはずだ。そうだろ？」

「たしかに彼《かれ》のなかにはまだ、ヒトの心《こころ》がほんのわずかだけのこっているみたいだ」

目玉《めだま》はアップルジュースのなかで、クルクルとまわった。

「でも、『浄《ジョウ》』の符《ふ》も効《き》かない程度《ていど》だ。なんの意味《いみ》もないね。親子《おやこ》のきずなにくらべたら、友達《ともだち》のきずななんてはかないものだ」

「『浄《ジョウ》』よりも、もっと強力《きょうりょく》な札《ふだ》があったらどうだよ？」

と、大翔《ひろと》はニヤリと笑《わら》った。

運転席《うんてんせき》の荒井先生《あらいせんせい》へむきなおった。

「先生《せんせい》。さっきの札《ふだ》、おれにくれよ」

「…………」

「そうだよ。あの真《ま》っ黒《くろ》な札《ふだ》、なんだったの？　先生《せんせい》」

悠《ゆう》が後部座席《こうぶざせき》から身《み》を乗《の》りだした。

「金谷《かなや》くん、あの札《ふだ》にだけは反応《はんのう》してた」

「あたしも訊《き》きたかったの。よっぽど強力《きょうりょく》な札《ふだ》なんでしょう？」

葵《あおい》が質問《しつもん》する。

「…………」

荒井先生《あらいせんせい》は、だまっている。

「行《い》きの車《くるま》のなかで、先生《せんせい》、いってたもんな。『浄《ジョウ》』の札《ふだ》が効《き》かなかったら、そのときは俺《おれ》がなんとかする、ってさ」

大翔《ひろと》は、ぐっ、と拳《こぶし》をにぎりしめてみせた。

「あの札《ふだ》のことなんだろ？　あの札《ふだ》なら、いまの章吾《しょうご》にも効《き》くんだろ？　あんなもの、どこで手《て》にいれたんだよ？」

「……あの札《ふだ》は、鬼祓《おにはら》いについて調《しら》べていたとき、とある神社《じんじゃ》でゆずり受《う》けたもんだ」

荒井先生《あらいせんせい》が、ようやく口《くち》をひらいた。

フロントガラスのむこうをみつめたまま、つづけた。

「何百年《なんびゃくねん》ものあいだ祀《まつ》られ、霊力《れいりょく》をこめられてきた強力《きょうりょく》な呪符《じゅふ》だ。おまえらが即席《そくせき》でつくるものとは、パワーがちがう。どんな鬼《おに》にも効《き》く」

「そんな呪符《じゅふ》持《も》ってるなんて、先生《せんせい》、一言《ひとこと》もいってなかったじゃないか」

「そうだよ。もったいぶらずに、教《おし》えといてくれればよかったのに」

大翔《ひろと》と悠《ゆう》は、唇《くちびる》をとがらせた。

荒井先生《あらいせんせい》はだまっている。

「その札《ふだ》、おれにあずけてくれ。おれが章吾《しょうご》に貼《は》りつける」

大翔《ひろと》は先生《せんせい》にうなずきかけた。

「いまのあいつに札《ふだ》を貼《は》るのはむずかしいかもしれねえ。でも、希望《きぼう》はあるんだ。あきらめねえ。あいつをヒトにもどしてやろうぜ！」

大翔《ひろと》が意気《いき》ごみ、悠《ゆう》と葵《あおい》が、うんっ！　とうなずく。

「………」

荒井先生《あらいせんせい》は、だまったままだ。

子供《こども》たちと目《め》をあわせない。

けわしい顔《かお》でフロントガラスのむこうをにらみつけ、口《くち》をひきむすんでいる。

「……どうしたんだよ？　先生《せんせい》」

「黒《くろ》い札《ふだ》？」

と、目玉《めだま》が声《こえ》をだした。

ジュースのなかで、クルクルとまわって、

「あのー。横《よこ》からすみません。黒《くろ》い札《ふだ》って聞《き》いて、気《き》になって。荒井先生《あらいせんせい》、ひょっとして」

「いうな」

「『滅《メツ》』の札《ふだ》のこと、ですかね？」

「だからいうなって」

荒井先生《あらいせんせい》が舌打《したう》ちする。

「……『滅《メッ》』の札《ふだ》？」

「あれ、『滅《メッ》』の札《ふだ》っていうのか？」

「あ、いけない！　教《おし》えてないんだ？　子供《こども》たちには、ナイショだったんですね？　荒井《あらい》先生《せんせい》」

目玉《めだま》が、おどろいたような声《こえ》をだした。

子供《こども》たちは目《め》をまたたいて、だまりこんだ荒井先生《あらいせんせい》と目玉《めだま》を交互《こうご》にみつめた。

「だいじょうぶですよ、荒井先生《あらいせんせい》。であればボクも、ナイショにしますよ。〝『滅《メッ》』の札《ふだ》は、鬼《おに》をヒトにもどす札《ふだ》じゃない〟ってことは、いいませんよ。それどころか、〝鬼《おに》を、もとになった人間《にんげん》もろとも、滅殺《めっさつ》するための札《ふだ》なんだ〟ってことは、けっしていいませんよ。

……あっ、いっちゃった～」

「……やっぱりつぶしておくんだったぜ。このクソ目玉《めだま》」

荒井先生《あらいせんせい》がうなった。

「滅殺《めっさつ》って……どういう意味《いみ》？」

悠《ゆう》が首《くび》をかしげる。

「滅《ほろ》ぼして……殺《ころ》すという意味《いみ》よ」

葵《あおい》がかたい声《こえ》でつぶやいた。

「つまり荒井先生《あらいせんせい》は、章吾《しょうご》くんをヒトにもどすんじゃなくて――殺《ころ》してしまおう☠っていってるわけなのでした～」

目玉《めだま》がうきうきといった。

「……ウソだよな？　先生《せんせい》」

大翔《ひろと》の問《と》いかけに、荒井先生《あらいせんせい》はこたえない。

子供《こども》たちと目《め》をあわせようとしない。道路《どうろ》のむこうを、にらみつけている。

「ウソだ……っていえたらよかったんだが」

ぼそりとこたえた。

「金谷《かなや》を止《と》めるためには、もう……滅殺《めっさつ》するしかねえんだ」

「な、なにいってんだ！　自分《じぶん》がなにいってるか、わかってんのかよ先生《せんせい》！」

大翔《ひろと》はカッとなって、運転中《うんてんちゅう》の荒井先生《あらいせんせい》につかみかかった。

「章吾《しょうご》を、見殺《みごろ》しにするっていってんだぞ!?」

「ほかに手《て》がねえ。『浄《ジョウ》』の符《ふ》が効《き》かなかった以上《いじょう》、これしか方法《ほうほう》がねえんだよ」

荒井先生《あらいせんせい》は、自分《じぶん》にいい聞《き》かせるようにいった。

「鬼《おに》になった金谷《かなや》は、おまえらをねらうだろう。金谷《かなや》を滅殺《めっさつ》しなきゃ、おまえらが喰《く》われるんだ」

「そういう『目《め》には目《め》を』的《てき》な考《かんが》えかた、よくないと思《おも》いますよ。目玉《めだま》がいうのもなんですが」

「キミはちょっとだまっててね」

悠《ゆう》がペットボトルをシャカシャカふった。

やめて、目《め》がまわるよ〜、と目玉《めだま》がわめく。

「荒井先生《あらいせんせい》がぼくらを心配《しんぱい》してくれてるのはわかった。でも、ぼくも反対《はんたい》だよ。そんな札《ふだ》、使《つか》えない」

きっぱりといった。

「宮原《みやはら》。なにかいってやってくれよ。こいつらバカだから、ほかに方法《ほうほう》がないの、わからないんだ」

「それがね、先生《せんせい》。バカって、うつるみたいで」

「そんな、風邪《かぜ》みたいにいうなよ」

「あたしもそんな札《ふだ》、使《つか》いたくない。ほかに方法《ほうほう》はないの？」

「あったらこんな札《ふだ》、持《も》ってこねえよ！」

荒井先生《あらいせんせい》は黒《くろ》い札《ふだ》をとりだすと、サイドボードにほうり捨《す》てた。

「俺《おれ》だって、金谷《かなや》を助《たす》けたい！　大事《だいじ》な生徒《せいと》を見殺《みごろ》しになんてしたくねえんだ！」

「だったら！」

「おまえらも大事《だいじ》な生徒《せいと》なんだよ！　くそ、こんなこといわせんじゃねえよ、ばかやろう！」

「なら、おれたちも章吾《しょうご》も救《すく》う道《みち》を考《かんが》えてくれよ！」

「ねえっていってんだろ！　なんだそのワガママ！」

「そりゃワガママもいうぜ！　カンタンにあきらめんじゃねえよ、先生《せんせい》のくせに！」

APPLE

「うるせえ！　これだからガキはいやなんだ！　もういい！　俺《おれ》、おりる！」

「ちょっと、ケンカしないでよう！」

「冷静《れいせい》に！　冷静《れいせい》に話《はな》しあいましょ！」

「うふふ。人《ひと》と人《ひと》がいがみあう姿《すがた》って、心《こころ》が洗《あら》われるよねえ。清涼感《せいりょうかん》」

「なにか、手《て》はないのかよ！　章吾《しょうご》をヒトにもどす方法《ほうほう》はっ！」

大翔《ひろと》はサイドボードをたたきつけた。

みんな、だまりこんでしまう。ケルがこまったようにみんなを見《み》まわし、ぺろぺろと大《ひろ》翔《と》の手《て》のひらをなめる。

なにか、ないのか方法《ほうほう》は。

大翔《ひろと》には、わからない。

悠《ゆう》にも、葵《あおい》にも、荒井先生《あらいせんせい》にもわからない。

手《て》はつきたのだ。

もう、『滅《メツ》』の札《ふだ》を使《つか》って、章吾《しょうご》を滅殺《めっさつ》するしか、道《みち》はないのか……。

「ちくしょう……」

涙《なみだ》があふれそうになる。

そのとき、ふと、以前《いぜん》、荒井先生《あらいせんせい》にいわれた言葉《ことば》が頭《あたま》をよぎった。

こんな言葉《ことば》だった。


——力《ちから》をあわせろ。仲間《なかま》をたよるんだ。


「……和也《かずや》と孝司《こうじ》にも相談《そうだん》してみるか？」

大翔《ひろと》は、ぽつりと口《くち》にした。

1人《ひとり》で鬼《おに》にかなわなくても、3人《にん》の力《ちから》をあわせれば撃退《げきたい》できた。

3人《にん》より4人《にん》。4人《にん》より5人《にん》。

この場《ば》にいるみんなで打《う》つ手《て》がなくても、ほかの仲間《なかま》に相談《そうだん》したら、いい案《あん》、だしてくれるかもしれない。

「関本《せきもと》と伊藤《いとう》か。あのギャグ担当《たんとう》たちが、いい案《あん》だすとは思《おも》えねえんだが……」

荒井先生《あらいせんせい》がうなった。

「でも、万《まん》に一《ひと》つ、いえ、百万《ひゃくまん》に一《ひと》つくらい、なにか役《やく》にたつこと、いってくれるかも？」

葵《あおい》がうなずいた。

「時間《じかん》のムダでしょう。彼《かれ》らに訊《き》いたって、役《やく》にたつ意見《いけん》は聞《き》けないと思《おも》いますよ」

目玉《めだま》がなぜか口《くち》をはさんだ。

「関本《せきもと》くんたち、どうしてるんだっけ？」

悠《ゆう》が首《くび》をかしげる。

「かけてみようぜ」

大翔《ひろと》はケータイをひらいた。

「……あれ？」

と、首《くび》をかしげる。

ちょうど数時間前《すうじかんまえ》に、和也《かずや》たちから着信《ちゃくしん》がはいっていたのだ。音《おと》を消《け》していたから、気《き》づかなかったらしい。

「かけてみる」

「ところでみんな、ここで一《ひと》つ、重大《じゅうだい》な発表《はっぴょう》があります」

目玉《めだま》がとうとつにいいだした。

「なんだよ、とつぜん」

「いま、いそがしいから、ちょっと待《ま》ってろよ」

「そういわずに聞《き》いてよ。さっき、ボク、この車《くるま》、ワナじゃないっていったじゃない？」

「いった」

「いったね」

「たしかに聞《き》いた」

「それが、どうしたんだよ？」

「やっぱり、ワナでした」

車《くるま》が、ぐんっ、とスピードをあげた。

せまい山道《やまみち》を、突《つ》っきるように走《はし》りはじめる。

「お、おいっ。ヘンだぞ！」

荒井先生《あらいせんせい》がハンドルをまわし、ブレーキペダルをけりつけた。反応《はんのう》なし。

大翔《ひろと》たちはあわてて窓《まど》のボタンを押《お》し、ドアレバーをひっぱった。反応《はんのう》なし。

「コントロールがきかねえ！」

「ちょっと目玉《めだま》！　まただましましたの!?」

「まただましました」

「ワナじゃないっていったじゃないか！」

「いいました。ワナだっていったら乗《の》ってくれないと思《おも》って」

ちょうど差《さ》しかかったT字路《ティーじろ》を、車《くるま》はクルリと左《ひだり》にまがった。

街《まち》とは反対方向《はんたいほうこう》だ。

山《やま》の奥《おく》へとむかっていく。

「気《き》にせず、のんびり乗《の》ってって。荒井先生《あらいせんせい》の運転《うんてん》より、よっぽど安全《あんぜん》だから」

「そ、そういわれると……」

「そこ、納得《なっとく》するな！」

「これ、どこにむかってるのよ！」

「窓《まど》、けやぶって、飛《と》びおりるか!?」

「そんなの、ハリウッド映画《えいが》でしか観《み》たことないよう！」

大《おお》さわぎになった車《くるま》のなか。

大翔《ひろと》の手《て》のなかで、ケータイがブルブルとふるえはじめた。

「こんどはなによ!?」

「いい知《し》らせ!? 悪《わる》い知《し》らせ!?」

大翔《ひろと》は液晶《えきしょう》画面《がめん》をのぞきこんで、息《いき》をのんだ。

「……章吾《しょうご》だ」

画面《がめん》には、〝金谷章吾《かなやしょうご》〟と表示《ひょうじ》されていた。

大翔《ひろと》は通話《つうわ》ボタンを押《お》しこんだ。

3

スピーカーモードにして、コンソールボックスにケータイをおいた。

全員《ぜんいん》、まるで時限爆弾《じげんばくだん》でもみているみたいに、緊張《きんちょう》に顔《かお》をこわばらせてケータイをみつめた。

『おまえら、いま、どこにいるんだ？』

通話口《つうわぐち》から、黒鬼《くろおに》の声《こえ》がひびきわたった。

『そろそろ、つぎの遊《あそ》びをはじめようぜ』

つめたい声《こえ》。

それとともに、かすかに、ハアハアと荒《あら》い息遣《いきづか》いがまじる。

「章吾《しょうご》。正気《しょうき》をとりもどせよ」

大翔《ひろと》は呼《よ》びかける。

「おれたちのこと、思《おも》いだしたんだろ？　いま、おまえをヒトにもどす方法《ほうほう》、みんなで考《かんが》えてっからさ」

『まだそんなことをいっているのか？　俺《おれ》はただ、おまえらが、〝友達《ともだち》〟って名前《なまえ》のとびきりうまい肉《にく》だって思《おも》いだしただけだぜ』

黒鬼《くろおに》ははなで笑《わら》った。

『おまえらを喰《く》ってやることに、変《か》わりはねえ。でも、おまえら、帰《かえ》りがおそいからなあ……』

「帰《かえ》りがおそい……？」

カン、カン、と、階段《かいだん》をのぼる音《おと》が聞《き》こえてくる。

通話《つうわ》する黒鬼《くろおに》の、周囲《しゅうい》の音《おと》を拾《ひろ》っているらしい。どこか外《そと》から電話《でんわ》してるみたいだ。

ごはんよー！

と、だれかが呼《よ》びかける声《こえ》。

「……金谷《かなや》くん、いま、どこにいるの？」

葵《あおい》が、うめくように訊《き》いた。

顔《かお》が青《あお》ざめている。

『おまえたちのよく知《し》ってる場所《ばしょ》だよ』

黒鬼《くろおに》は、さらりとこたえた。

『おまえたちの、マンションだ』

大翔《ひろと》と悠《ゆう》は、顔《かお》を見《み》あわせた。

大翔《ひろと》たち3人《にん》は、同《おな》じマンションに住《す》んでいる幼馴染《おさななじ》みだ。

大翔《ひろと》たちの住《す》むマンションに、黒鬼《くろおに》はやってきているらしい。

『遊《あそ》びにきたんだよ。友達《ともだち》の家《いえ》に、さ』

声《こえ》に、コツン、コツンと足音《あしおと》が重《かさ》なる。

遠《とお》く、自宅《じたく》のマンションの階段《かいだん》を、鬼《おに》が1歩《ぽ》1歩《ぽ》、のぼっていく音《おと》。

『おまえらが帰《かえ》ってくるまで、家《いえ》のなかで待《ま》たせてもらう。のんびりと、晩飯《ばんめし》でもごちそうになりながらな』

晩飯《ばんめし》、の部分《ぶぶん》を強調《きょうちょう》した。

それでようやく、大翔《ひろと》にもわかった。のどが干《ひ》あがった。

悠《ゆう》はまだピンときていないらしく、首《くび》をかしげている。

『いまから、おまえらの家《いえ》のチャイムを順番《じゅんばん》に押《お》していく。玄関《げんかん》があかなかったら、セーフ。鬼《おに》は家《いえ》にはいれない。玄関《げんかん》があいたら、アウト。鬼《おに》が家《いえ》に侵入《しんにゅう》してしまう。名《な》づけて、ピンポン鬼《おに》だ』

黒鬼《くろおに》は笑《わら》ってつづけた。

『先《さき》に、おまえらの家族《かぞく》の肉《にく》を喰《く》うってことだ』

「冗談《じょうだん》、だよね……？」

悠《ゆう》が口《くち》もとをひきつらせた。

『遊《あそ》びは本気《ほんき》でやらなきゃおもしろくない。おまえらには、自分《じぶん》が追《お》いかけられるより、こっちのほうがオモシロイんじゃないかと思《おも》ってな。ヒトにもどすだのなんだの、ヌルいんだよ。勝《か》てば生《い》き、負《ま》ければ死《し》ぬ。おまえらの家族《かぞく》も死《し》ぬんだ』

「しょ、章吾《しょうご》……」

大翔《ひろと》は青《あお》ざめ、声《こえ》をふるわせた。

『章吾《しょうご》じゃない。俺《おれ》の名前《なまえ》は、〝黒鬼《くろおに》〟だ』

黒鬼《くろおに》は楽《たの》しそうに笑《わら》った。

『まずは、この家《いえ》だ。表札《ひょうさつ》に〝宮原《みやはら》〟と書《か》いてあるぞ』

「…………」

葵《あおい》が、ひゅっ、と息《いき》をのんだ。

葵《あおい》の両親《りょうしん》は、塾《じゅく》の先生《せんせい》をしている。

この時間帯《じかんたい》は、たいてい家《いえ》にいるはずだ。

「ちょっと、金谷《かなや》くん！」

『さあ、チャイムを鳴《な》らすぞ。玄関《げんかん》があいたらアウトだ。その場《ば》でおまえの家族《かぞく》をひき裂《さ》き、喰《く》ってやる。喰《く》った感想《かんそう》はちゃんと聞《き》かせてやるから、お楽《たの》しみにな』

「金谷《かなや》くん！　やめて！」

『それでは、開始《かいし》』

「やめて！　ママとパパに手《て》だししないで！」

ピンポーン……………

通話口《つうわぐち》から、チャイムの音《おと》がひびきわたった。

いつも聞《き》いてる、大翔《ひろと》たちのマンションのチャイム音《おん》だ。

大翔《ひろと》たちは総毛《そうけ》だった。

チャイムが鳴《な》ったら、家族《かぞく》は、いつもどうやってでていただろう？　インターホンを確《かく》認《にん》する？　確認《かくにん》しないで、玄関《げんかん》をあける？

――玄関《げんかん》をあけたら、☠

息《いき》が、できなくなった。

鬼《おに》は、ずっと遠《とお》くにいる。大翔《ひろと》たちには、なにもできない。ただ、音《おと》を聞《き》いているしかできない。

自分《じぶん》たちが追《お》いかけられてるほうが、マシだった。

葵《あおい》が、ぎゅううっと白《しろ》くなるほど手《て》をにぎりしめている。

ケータイのむこうは、沈黙《ちんもく》したままだ。

時間《じかん》にすれば数秒《すうびょう》だったろうが、何時間《なんじかん》も経《た》ったように感《かん》じた。

『……でてこないな』

黒鬼《くろおに》の声《こえ》がした。

『どうやら、留守《るす》のようだ。休日《きゅうじつ》なのに、仕事《しごと》にでているのかもしれないな。いそがしいのは大変《たいへん》なことだが、それで命《いのち》が助《たす》かることもある。セーフ』

「たぶん、補講《ほこう》してるんだわ……」

葵《あおい》が息《いき》を吐《は》きだした。

顔《かお》を真《ま》っ白《しろ》にして、肩《かた》をふるわせている。

「よかった……」

『では、つぎの家《いえ》にいこうか』

黒鬼《くろおに》の足音《あしおと》がする。

「おい、よせっ！」

大翔《ひろと》はさけんだ。

「なんでこんなことするんだよ！　家族《かぞく》は関係《かんけい》ねえだろっ！」

『関係《かんけい》ない？　おかしなことをいうやつだな。関係《かんけい》ないはずないだろう』

黒鬼《くろおに》は、不思議《ふしぎ》そうにこたえた。

『だっておまえらは、家族《かぞく》に愛《あい》されてるだろう？　家族《かぞく》を大切《たいせつ》に思《おも》ってるだろう？　関係《かんけい》あるじゃねえか』

「…………」

『関係《かんけい》なくなるのは、いまからだ。死《し》んだら、関係《かんけい》ないからな。おまえらの親子《おやこ》のきずなも、断《た》ってやる。わかったら、そこで聞《き》いていろ』

「章吾《しょうご》っ！」

『つぎは、〝桜井《さくらい》〟の家《いえ》だ』

悠《ゆう》が青《あお》ざめた。

とびつくようにリュックをひらいて、自分《じぶん》のスマホをつかみだすと、ものすごい速《はや》さで電話《でんわ》をかけた。

『はーい、悠《ゆう》。どうしたの〜？』

スマホのむこうから、悠《ゆう》のお母《かあ》さんの声《こえ》がひびいた。

「お母《かあ》さん！　玄関《げんかん》をあけないで！」

ピンポーン…………

通話口《つうわぐち》から、またチャイム音《おん》がひびいてきた。

『お客《きゃく》さんがきたみたい。だれかしら？』

スマホから、のんびりとした声《こえ》がひびいた。

『いったんきるわよ、悠《ゆう》』

『できたら、首《くび》を咬《か》みちぎってやろう』

大翔《ひろと》のケータイから、黒鬼《くろおに》の声《こえ》がひびいた。

「だめだ！　玄関《げんかん》をあけないで！　お母《かあ》さん！」

悠《ゆう》がさけんだ。

「おねがい！　一生《いっしょう》のおねがいだから！」

『一生《いっしょう》のおねがい、何回目《なんかいめ》？』

「これが最後《さいご》！　本当《ほんとう》に本当《ほんとう》の、一生《いっしょう》のおねがい！　もう二生《にしょう》のおねがいも、三生《さんしょう》のおね

がいも使《つか》わない！」

悠《ゆう》は必死《ひっし》にさけんだ。

「おねがいだから……玄関《げんかん》をあけないでようっ！」

『……わかったわよ。どうせ、押《お》し売《う》りかなにかでしょうし』

『でてこないな』

黒鬼《くろおに》の声《こえ》がした。

悠《ゆう》ははあはあと息《いき》を荒《あら》らげながら、食《く》いいるようにケータイをにらみつけている。

『明《あ》かりはついてるんだがな。せっかく友達《ともだち》が遊《あそ》びにきたのに、居留守《いるす》をきめこまれるなんて悲《かな》しいな。まあそのおかげで命《いのち》が助《たす》かるんだから、居留守《いるす》も悪《わる》くないもんだ。セーフ』

悠《ゆう》がへなへなと座席《ざせき》のシートにへたりこんだ。

「も、もうこれで、誕生日《たんじょうび》とクリスマスにしか、ゲーム買《か》ってもらえなくなっちゃったよう……」

ぐすぐすとはなをすすっている。

『では、つぎの家《いえ》へいこうか』

黒鬼《くろおに》がいった。

「悠《ゆう》、スマホ貸《か》してくれ！　母《かあ》さんに知《し》らせなくちゃ！」

「わかった！」

「小学生《しょうがくせい》にケータイはまだはやいと思《おも》うのは、ボクが年《とし》とってるせいですかねえ？　荒井《あらい》先生《せんせい》」

「おまえはだまってろ」

呼《よ》びだし音《おん》を聞《き》きながら、大翔《ひろと》はぎりぎりと歯《は》をかんだ。

母《かあ》さん。たのむ。

はやくでてくれ――。


『もしもし。大場《おおば》です。悠《ゆう》くん？』


「母《かあ》さん！」

スマホのむこうから声《こえ》が聞《き》こえるのと同時《どうじ》に、大翔《ひろと》は大声《おおごえ》でさけんだ。

「玄関《げんかん》をあけないで！」

『あ、大翔《ひろと》？　ちょっと、何時《なんじ》になったら帰《かえ》ってくるのよ？　おそくなるとは聞《き》いてたけど、連絡《れんらく》くらいよこしなさいよね。夕飯《ゆうはん》のハンバーグ、冷《さ》めちゃうわよ？』

「母《かあ》さん！　いまからおれがいうこと、よく聞《き》いてくれ！　マンションに、鬼《おに》がきてるんだ！」

大翔《ひろと》はまくしたてた。

「玄関《げんかん》あけたら、喰《く》われちまうんだ！　チャイムが鳴《な》っても、ぜったい、玄関《げんかん》をあけないでくれ！　しっかりカギかけて、無視《むし》するんだ！　ぜったいだぞ！」

『…………』

まくしたてる大翔《ひろと》に、母《かあ》さんは受話口《じゅわぐち》のむこうでなにもいわない。

……はあーっ。

ややあって、深《ふか》いため息《いき》が聞《き》こえた。

『あのね、大翔《ひろと》。お母《かあ》さん、こんなことといいたくないんだけどね？　あなたは小学《しょうがく》6年生《ねんせい》。もうすぐ中学生《ちゅうがくせい》になるのね？　そういう遊《あそ》びは、そろそろ卒業《そつぎょう》なんじゃないかしら？』

「ちがう！　母《かあ》さん！　本当《ほんとう》なんだ！　遊《あそ》んでるんじゃない！　鬼《おに》がきてるんだよ！」
『いいかげんにしないと、お母《かあ》さんも本気《ほんき》で怒《おこ》るわよ？』
「ちがうんだってばあ！」
だめだ。聞《き》いてくれない。
大翔《ひろと》の心臓《しんぞう》が、危機《きき》を警告《けいこく》するアラームのようにバクバクと打《う》ちはじめた。

ピンポーン！

チャイムが鳴《な》った。

ピンポーン！　ピンポーン！

つづけて鳴《な》った。

ピンポンピンポンピンポンピンポンピピピピピピピピピピピピピピンポーン！

『なに、この乱暴《らんぼう》なチャイム！　文句《もんく》いってやるわ！』

「だめだ！　あけないで！　母《かあ》さん！」

『こんにちはー！　大翔《ひろと》くんの友達《ともだち》の、金谷《かなや》でーす！』

ドア越《ご》しに、黒鬼《くろおに》の声《こえ》がひびいた。

『遊《あそ》びにきましたー☠☠☠』

『あら。章吾《しょうご》くんみたいよ？　部屋《へや》で待《ま》っててもらう？』

「お母《かあ》さん、ち、ちがうんだよ……。そいつは、章吾《しょうご》じゃないんだ……。鬼《おに》なんだよ

……」

大翔《ひろと》は嗚咽《おえつ》をもらした。

ボロボロと涙《なみだ》があふれてくる。

「あけないで……。玄関《げんかん》をあけないで。お母《かあ》さぁん……」

『……わかったわよ。泣《な》くことないじゃないの』

さすがに様子《ようす》がおかしいと思《おも》ったのか、母《かあ》さんは声《こえ》を曇《くも》らせた。

『金谷《かなや》くんには、帰《かえ》ってもらえばいいの？』

「う、うん……」

大翔《ひろと》ははなをすすった。

「玄関《げんかん》はあけないで。そのまま……」


——ゆいがでるね～！


妹《いもうと》の結衣《ゆい》の声《こえ》がひびくと同時《どうじ》に、スマホの通話《つうわ》がブツリときれた。

大翔《ひろと》はぼうぜんとした。


ガチャリ。

大翔《ひろと》のケータイから、ドアをあける音《おと》がした。
結衣《ゆい》の声《こえ》がした。
『……金谷《かなや》のおにーちゃん？』

『はい、アウト☠』

――ブツッ。
通話《つうわ》がきれた。

＊

「ゆ、結衣《ゆい》っ！」
大翔《ひろと》はケータイにかじりついた。

「よせ！　やめてくれ！　結衣《ゆい》！　結衣《ゆい》っ!!」

ふたたび、ケータイがふるえはじめた。

『約束《やくそく》どおり、肉《にく》の感想《かんそう》を聞《き》かせてやろう』

黒鬼《くろおに》の声《こえ》がした。

クチャクチャと、なにかをかみしめる音《おと》が聞《き》こえてくる。

『なかなかいい肉《にく》だぞ。ほどよくやわらかくて、うまみがある。やっぱり、若《わか》い肉《にく》はいいな。おまえの妹《いもうと》は、5歳《さい》だっけか？』

「あ、あああ……」

大翔《ひろと》は、糸《いと》のきれたあやつり人形《にんぎょう》のように、ぼうぜんと座席《ざせき》にしずみこんだ。

『ま、特売《とくばい》の豚肉《ぶたにく》なんだけどな。ちょうどハンバーグが焼《や》けてたから、いただいてるんだ。妹《いもうと》は無事《ぶじ》だ。母親《ははおや》のほうも、ちょっと眠《ねむ》ってもらっただけだ』

クチャクチャとハンバーグを食《た》べる音《おと》と、笑《わら》い声《ごえ》がひびく。

「…………」

『おまえがヌルいことばっかいってるから、ちょっと脅《おど》したのさ。一番《いちばん》に喰《く》うのは、てめえの肉《にく》ときめてるんだ、大翔《ひろと》。わかったらさっさと帰《かえ》ってこいよ。はやくこねえと、ほんとに妹《いもうと》を喰《く》うぞ』

「お、おまえ……」

大翔《ひろと》の頭《あたま》はぐつぐつと煮《に》たった。

ぶるぶるとケータイをにぎりしめ、声《こえ》を絞《しぼ》りだす。

「ぶっ飛《と》ばしてやる……」

『ようやく、その気《き》になったか』

黒鬼《くろおに》は笑《わら》った。

その声《こえ》に、ハア、ハア、と、また苦《くる》しげな息遣《いきづか》いがまじった。大翔《ひろと》はまゆをひそめる。

『決着《けっちゃく》をつけよう。妹《いもうと》はさらっていく。つぎの勝負《しょうぶ》でおまえが勝《か》てば、解放《かいほう》してやるよ』

「黒鬼《くろおに》くん。聞《き》こえるかい？　遊《あそ》びはそのくらいにして、喰《く》ってしまうんだ」

と、目玉《めだま》が横《よこ》から口《くち》をはさんだ。

『……あ？』

「腹《はら》が減《へ》っているんだろう？　なんだか呼吸《こきゅう》が荒《あら》いようだよ」

『そんなことはねえ』

「大翔《ひろと》くんを喰《く》うのは、あとにしてさ。だれでもいいから、まず人《ひと》の肉《にく》を喰《く》ってしまいなよ」

目玉《めだま》はあせあせといった。あわてているみたいだ。

『だまれ！　これは俺《おれ》と大翔《ひろと》の勝負《しょうぶ》なんだ。外野《がいや》が口《くち》だしをするなッ！』

黒鬼《くろおに》がどなった。

目玉《めだま》はだまりこんだ。

『ハア……ハア……。いいか？　妹《いもうと》を助《たす》けたかったら、小学校《しょうがっこう》にくるんだ。わかったな？　いそげよ？』

苦《くる》しそうに息《いき》をしながら、黒鬼《くろおに》がいう。

『決着《けっちゃく》をつけようぜ、大翔《ひろと》』

「……のぞむところだ」

＊

大翔《ひろと》は窓《まど》ガラスをけやぶると、走《はし》る車《くるま》から飛《と》びだした。
右足《みぎあし》に貼《は》りつけた符《ふ》で跳《と》びあがると、ケルをほうって犬笛《いぬぶえ》をふいた。
巨大化《きょだいか》した背《せ》に飛《と》び乗《の》ると、走《はし》りはじめた。
(章吾《しょうご》……)
ぎゅうっ……と拳《こぶし》をにぎりしめる。
——決着《けっちゃく》をつけようぜ、大翔《ひろと》。
黒鬼《くろおに》の声《こえ》が、章吾《しょうご》に重《かさ》なった。
いつも大翔《ひろと》の勝負《しょうぶ》を受《う》けて、不敵《ふてき》に笑《わら》ってみせていた章吾《しょうご》の声《こえ》に。

4

「ちゅうちょなくハリウッド映画《えいが》いったね……」

「あいつはああいうやつなのよ……」

遠《とお》ざかっていく大翔《ひろと》を窓越《まどご》しに見送《みおく》って、悠《ゆう》と葵《あおい》はがっくりと肩《かた》をおとした。

われた助手席《じょしゅせき》の窓《まど》から、風《かぜ》がふきこんでくる。

車《くるま》はあいかわらず、山道《やまみち》を走《はし》りつづけている。ハンドル操作《そうさ》もなにもきかない、完全自《かんぜんじ》動運転《どううんてん》だ。

「あたしたちも跳《と》んでみる？」

「大《おお》ケガするほうに、おこづかい全部賭《ぜんぶか》ける」

「この車《くるま》は、どこへむかってるんだ？」

荒井先生《あらいせんせい》は、もうじたばたしてもしょうがないって顔《かお》で、運転席《うんてんせき》に寝《ね》そべってバットを磨《みが》いている。

「うふふ。それは着《つ》いてみてのお楽《たの》しみ」

車《くるま》はやがて、山林《さんりん》のなかにひらけた広場《ひろば》に行《い》き着《つ》いた。

夜《よる》の闇《やみ》のなかで明々《あかあか》と火《ひ》が焚《た》かれ、キャンプファイヤーをやっているようだ。

かこんでいるのは、とうぜんのように……鬼《おに》たちだった。

やんやと歓声《かんせい》をあげて、車《くるま》をでむかえた。

「せっかく地獄《じごく》からあつまってもらったからね。はしゃぎたりない鬼《おに》たちをあつめて、ドンチャンやっているんだ。まあ、みてってよ」

ぜんぜんみたくなかったけれど、車《くるま》は焚《た》き火《び》のわきで勝手《かって》に停車《ていしゃ》した。

勝手《かって》にドアのロックがはずれた。

勝手《かって》にドアがひらいた。

なんて勝手《かって》な車《くるま》なんだよう、と悠《ゆう》がうめく。

「さあ、おりよう。ムダな抵抗《ていこう》はしないほうが、長生《ながい》きできるよ」

「どれくらい、長生《ながい》きできる？」

「カップラーメンができるまでくらいかな」

3人《にん》が車《くるま》をおりると、鬼《おに》たちがぐるりとまわりをとりかこんだ。

祈《いの》りをささげていたときの神妙《しんみょう》な様子《ようす》はもうない。

だらだらとヨダレを垂《た》らして、物《もの》ほしそうにみつめてくる。

「キャキャキャ！　なんだ、結局《けっきょく》、捕《つか》まっちゃったのお？」

と、前《まえ》にでてきたのはツノウサギだ。

ふわふわしたウサギみたいな体《からだ》。

背中《せなか》にちょこんと生《は》えた翼《つばさ》を、パタパタとゆらして笑《わら》っている。

「鬼《おに》のすすめる車《くるま》なんて、ワナにきまってんじゃん！　そんな怪《あや》しい目玉《めだま》のいうこと、信《しん》用《よう》するバカがどこにいるんだっつ〜の！　バッカで〜！」

「こ、今回《こんかい》ばかりは……」

「なにもいいかえせないわね……」

悠《ゆう》と葵《あおい》が肩《かた》をおとす。

「それじゃあ、みんな。カンパイしようよ。黒鬼《くろおに》くんは、大翔《ひろと》くんと遊《あそ》んでるからさ。この3人《にん》の肉《にく》は、みんなで食《た》べよ☺」

目玉《めだま》がいった。

鬼《おに》たちの歓声《かんせい》が、山肌《やまはだ》をふるわせた。ツノウサギが、ナイフとフォークをちゃんちゃんと打《う》ち鳴《な》らす。

「ぼ、ぼくたちに手《て》をだすと、この目玉《めだま》がどうなっても知《し》らないよ……っていったらどうする？」

「ざんねん。鬼《おに》って仲間意識《なかまいしき》ないんだよね」

「むしろおたがい、嫌《きら》いあってるしな！」

目玉《めだま》とツノウサギが笑《わら》いあう。

いうとおり、鬼《おに》たちはまるで気《き》にしないみたいだ。

とりかこんだ輪《わ》を、ゆっくりとせばめてくる。

牛頭鬼《ごずき》が前《まえ》に進《すす》みでてきた。

トゲだらけの、ぶっとい金棒《かなぼう》をにぎりしめている。

「……やれやれだ。まさか、こいつに二度《にど》喰《く》われる羽目《はめ》になるとは」

荒井先生《あらいせんせい》が舌打《したう》ちした。

ぶんっ！　とバットをひとふりすると、悠《ゆう》と葵《あおい》を背《せ》にかばう。

「俺《おれ》が退路《たいろ》をきりひらく。どうせ一度喰《ど く》われた身《み》だし、未練《みれん》はねえ」

ニヤッと笑《わら》ってみせる。

「おまえらだけでも、逃《に》げろ」

「……こういうときだけ、カッコつけようとするんだよね。荒井先生《あらいせんせい》って」

「ふだんからそうしてれば、モテるのにね」

悠《ゆう》と葵《あおい》は、そろって肩《かた》をすくめた。

葵《あおい》が札《ふだ》と筆《ふで》ペンをとりだし、悠《ゆう》は深呼吸《しんこきゅう》して目《め》を閉《と》じる。

「おまえら、なんのつもりだ？」

「食《た》べられるときは、一緒《いっしょ》だってことだよ」

「つけあわせのサラダくらいにはなってやるわよ」

「……いってもどうせ、聞《き》かねえな、こりゃ」

荒井先生《あらいせんせい》がため息《いき》を吐《つ》いた。

「しかたねえ。喰《く》われる前《まえ》に、ひとあばれするか」

「「うんっ！」」

「はいはい、準備《じゅんび》はいいですか？　みんな、おなかすかしてるもんで」

目玉《めだま》がニコニコといった。

「それじゃ、みんな、食事《しょくじ》にしよう！　ツノウサギくん、カンパイの合図《あいず》を！」

「ハイハーイ！　みんな、たっぷり食《た》べてってくれ！　カンパーイ！」

ツノウサギがさけんだ。

牛頭鬼《ごずき》が金棒《かなぼう》をふりあげた。

ほかの鬼《おに》たちも、カギ爪《づめ》をふりあげる。

「――っていいたいところだったんだけど、ちょっと、事情《じじょう》変《か》わっちゃってだね」

と、ツノウサギは翼《つばさ》をすくめた。

「悩《なや》める鬼《おに》さんの質問《しつもん》に、こたえてやってくんね？」

鬼《おに》たちの動《うご》きが、ピタリと止《と》まった。

＊

牛頭鬼《ごずき》は金棒《かなぼう》をふりあげたまま、ピタリと動《うご》きを止《と》めていた。

ほかの鬼《おに》たちも、同様《どうよう》だ。

悠《ゆう》たちをぐるりととりかこんだまま。

紙《かみ》にピンで刺《さ》し留《と》められでもしたみたいに、貼《は》りついたようになって固《かた》まってしまっている。

「……うん？　なに？」

目玉《めだま》がパチパチとまたたいた。

「食《た》べないの？」

「だから、その前《まえ》に、質問《しつもん》コーナー」

ツノウサギが、ふわあとあくびする。

「なにそのコーナー。そんなの、いらないよ」

「とある鬼《おに》さんが、人間《にんげん》が喰《く》われる前《まえ》に、どうしても訊《き》いておきたいことがあるんだって

さ」

「なにそれ。だれかな？　そんな、めんどうくさいこといいだす鬼《おに》さんは。ごちそうを前《まえ》に時間《じかん》とるやつって、嫌《きら》われるんだよ？」

『……すみません、黒鬼様《くろおにさま》。おいらです』

と、声《こえ》がひびいた。

焚《た》き火《び》にてらされて、ずらりとかこんだ鬼《おに》たちの影《かげ》が、地面《じめん》にのびている。

それらを踏《ふ》んづけて、地面《じめん》のなかから、じっと悠《ゆう》と葵《あおい》をみつめる影《かげ》があった。

平面世界《へいめんせかい》に棲《す》む鬼《おに》、影鬼《かげおに》だ。

「なにをやってるんだい？　影鬼《かげおに》くん」

目玉《めだま》が、ギョロリと影鬼《かげおに》をにらんだ。

「はやくその足《あし》をどけてくれるかい？　キミに影《かげ》を踏《ふ》まれると、みんな、動《うご》けないでしょう」

『すみません、黒鬼様《くろおにさま》。おいら、どうしても、人間《にんげん》に訊《き》きたいことがあるんです』

「あとにしてよ、もう～」

目玉《めだま》が、うっとうしそうにいう。

「どうもキミって、空気読《くうきよ》めないところがあるよね。みんな、おなかすかせてるんだからさ。なにか訊《き》きたいことがあるなら、あとでボクが教《おし》えてあげるから」

『黒鬼様《くろおにさま》には、わからないことだと思《おも》うんです』

「ボクにわからないことなんてないよ」

『いや、わからないんです』

影鬼《かげおに》は、きっぱりといった。

目玉《めだま》は言葉《ことば》を失《うしな》った。

『ねえ、人間《にんげん》。教《おし》えてほしいんだ』

影鬼《かげおに》は、じっと、悠《ゆう》と葵《あおい》を見《み》あげてつづけた。

『友達《ともだち》って、どうしたらなれるの？』

「…………」

「…………」

悠《ゆう》と葵《あおい》は、顔《かお》を見《み》あわせた。

『おいら、章吾《しょうご》と、友達《ともだち》になりたかっただけなんだ。おまえらみたいな関係《かんけい》に、なりたかっただけなんだ』

影鬼《かげおに》はつづけた。

『友達《ともだち》になりたかったから、章吾《しょうご》を誘《さそ》ったんだ。同《おな》じ、鬼《おに》になってほしかったから。友達《ともだち》になりたかったから、おまえらをとりあげたんだ。おいらだけと遊《あそ》んでほしかったから』

影鬼《かげおに》は必死《ひっし》につづけた。

『でも、それじゃ友達《ともだち》にはなれなかった。わかったんだ。人間《にんげん》と友達《ともだち》になるためには、人間流《げんりゅう》の友達《ともだち》のつくりかたをしなくちゃいけないんだって。だから教《おし》えて。友達《ともだち》って、どうしたらなれるの？　どんなむずかしいこと、すればいいの？』

影鬼《かげおに》は、じっと2人《ふたり》をみつめた。

「…………」

「…………」

悠《ゆう》と葵《あおい》は、ぽりぽりと頭《あたま》をかいた。

「……そんなの」

「カンタンだよね？」

と。

葵《あおい》のポケットの中《なか》で、ケータイが鳴《な》りひびいた。


『ひゃっほう！　やっとつながったぜ！』

ひびいてきたのは、関本和也《せきもとかずや》の声《こえ》だった。

『大場《おおば》くんも桜井《さくらい》くんも、ぜんぜんつながらないんだから！　何度《なんど》も電話《でんわ》したのに！』

伊藤孝司《いとうこうじ》の声《こえ》もつづいた。

『オレたち、かっこよかったんだぜ！　宮原《みやはら》もオレのこと、ほれちゃうぜ〜！』

『ふっふっふ〜。優花《ゆうか》ちゃんも僕《ぼく》のこと、見《み》なおしてくれるんじゃないかと……』

「……えっと。ごめん、なに？　あとでいい？　いま、とりこみ中《ちゅう》なの」

やたらテンション高《たか》くまくしたてる2人《ふたり》に、葵《あおい》はケータイを耳《みみ》からはなした。

『とりこみ中《ちゅう》って？』

「一言《ひとこと》でいうと……鬼《おに》にとりかこまれて、人生相談《じんせいそうだん》を受《う》けてる感《かん》じ？」

『そんなのあとあと！　いいから聞《き》いてくれよ！　あのなあのな！　すごいことがあったんだぜ！』

と、和也《かずや》と孝司《こうじ》は、もう止《と》めるヒマもなくまくしたてはじめた。

目玉《めだま》がペットボトルのなかで、裏《うら》がえって、プカァ……とうかんだ。

＊

「……連絡《れんらく》ありがとう。あとで合流《ごうりゅう》しましょ」

話《はなし》を聞《き》きおえると、葵《あおい》はうなずいてケータイをきった。

ふうっ……と大《おお》きく息《いき》を吐《つ》いた。

「まただまされるところだった」

「なんかおかしいと思《おも》ってたんだよね」

「ギャグ担当《たんとう》の話《はなし》でも、聞《き》いてみるもんだな」

聞《き》き耳《みみ》をたてていた悠《ゆう》と荒井先生《あらいせんせい》と、うなずきあう。

「そんなことよりみんな、ボクの目《め》をみてみて〜」

「キミ、あとで目玉焼《めだまや》きの刑《けい》ね」

悠《ゆう》がペットボトルをシャカシャカふった。やめて、目《め》がまわるよ〜、と目玉《めだま》がわめく。

「ともかく、いきましょ。悠《ゆう》、先生《せんせい》。大翔《ひろと》と金谷《かなや》くんのところに」

「影鬼《かげおに》くんも、一緒《いっしょ》にきなよ」

影鬼《かげおに》が、もの問《と》いたげに悠《ゆう》たちを見《み》かえした。

悠《ゆう》と葵《あおい》はニコッと笑《わら》うと、声《こえ》をそろえた。

「友達《ともだち》ってどうしたらなれるのか」

「こたえをみせてあげる」

3 2人《ふたり》の鬼《おに》ごっこ

1

「ここまででいい。ケル、ありがとっ！」

大翔《ひろと》は街《まち》にはいる前《まえ》にケルから飛《と》びおりると、いそいで桜ヶ島小学校《さくらがじましょうがっこう》へむかった。

夜《よる》の闇《やみ》にぼんやりと、小学校《しょうがっこう》の校舎《こうしゃ》がうかびあがっている。

校門《こうもん》をかるく飛《と》び越《こ》え、グラウンドを横《よこ》ぎって走《はし》った。昇降口《しょうこうぐち》の扉《とびら》を抜《ぬ》けて、校内《こうない》の階《かい》段《だん》をかけあがっていく。

ぐつぐつと沸騰《ふっとう》していた頭《あたま》は、いつの間《ま》にかしずまっていた。

ポケットには、呪符《じゅふ》が数枚《すうまい》、はいっている。車《くるま》から飛《と》びおりる前《まえ》に、葵《あおい》と悠《ゆう》につくってもらった。『浄《ジョウ》』の符《ふ》。鬼《おに》を封印《ふういん》する『封《フウ》』の符《ふ》。脚力《きゃくりょく》を高《たか》める『跳《チョウ》』の符《ふ》。体《からだ》を守護《しゅご》する『護《ゴ》』の符《ふ》。

そして……。

ポケットのなかから、黒《くろ》いオーラがゆらゆらとたちのぼっている。

大翔《ひろと》はポケットを押《お》さえつけると、ぎゅっ、と拳《こぶし》をにぎりしめる。

(決着《けっちゃく》をつけてやるぞ……)

屋上《おくじょう》へつうじるドアのカギはこわされていた。

大翔《ひろと》が屋上《おくじょう》にでると、黒鬼《くろおに》が気《き》づいてふりかえった。

「……やっと、きたか。おせえぞ……」

もたれかかるようにフェンスに手《て》をつき、苦《くる》しげに息《いき》を吐《つ》いている。

そういえば電話口《でんわぐち》でも、黒鬼《くろおに》はときどき苦《くる》しげにしていた。

「さあ、決着《けっちゃく》を、つけようぜ……」

血走《ちばし》った赤《あか》い目《め》が、大翔《ひろと》をにらむ。ひくひくとまぶたがふるえる。

「……おい、どうしたんだよ？」

「もう一度《いちど》、〝鬼《おに》ごっこ〟だ。大翔《ひろと》……」

黒鬼《くろおに》は、大翔《ひろと》の問《と》いかけを無視《むし》していった。

「場所《ばしょ》は、小学校《しょうがっこう》の、敷地内《しきちない》……。制限時間《せいげんじかん》は、15分《ふん》……。ただし、こんどは、攻守交代《こうしゅこうたい》だ……。おまえが、俺《おれ》を、追《お》いかけるんだ……」

と、黒鬼《くろおに》は牙《きば》をむきだして笑《わら》った。

「見事捕《みごとつか》まえられたら、妹《いもうと》を返《かえ》してやるよ……」

「結衣《ゆい》は、無事《ぶじ》なんだろうな？」

「さてな。俺《おれ》を捕《つか》まえられたら、教《おし》えてやるよ……」

「ぜったい、捕《つか》まえてやる」

大翔《ひろと》はポケットに手《て》を突《つ》っこんで、呪符《じゅふ》をつかみだした。

腰《こし》をおとしてかまえをとると、屋上《おくじょう》の床《ゆか》を、踏《ふ》みこんだ。

「捕《つか》まえて——ぶん殴《なぐ》ってやる！」

スタートダッシュ。

トップスピードへ。

一直線《いっちょくせん》に黒鬼《くろおに》に飛《と》びかかっていくと、ツノへむかって右手《みぎて》をのばした。

「また、真正面《ましょうめん》からかよ」

黒鬼《くろおに》は、フッと消《き》え去《さ》った。

「単純《たんじゅん》バカめ」

「おまえがひねくれすぎなんだっつうの！」

大翔《ひろと》は足《あし》を突《つ》きだすと、ぐるんっ！　とコマのように体《からだ》を反転《はんてん》させた。うしろへまわりこんだ黒鬼《くろおに》のひたいへ、右手《みぎて》をのばす。黒鬼《くろおに》は上体《じょうたい》をそらしてよけた。

何度《なんど》も手《て》を突《つ》きだしたが、すべてかわされる。

「ほらほら、タッチしてみろよ。できるもんならな」

と、黒鬼《くろおに》は床《ゆか》をけって高《たか》く飛《と》びあがった。

満月《まんげつ》を背《せ》に、ベエッと舌《した》をだして、

「鬼《おに》さんこちら♪」

「いってやらあっ！」

大翔《ひろと》は『跳《チョウ》』の札《ふだ》を足《あし》に貼《は》りつけると、床《ゆか》をけりつけた。札《ふだ》が光《ひか》りかがやいて、大翔《ひろと》の体《からだ》は高《たか》く飛《と》びあがった。

黒鬼《くろおに》に突《つ》っこんでいくと、右手《みぎて》をのばした。

空《くう》をきる。

「ぜんぜんあたんねーぞ！」

「うわああっ！」

バシン！　なにかやわらかいものに、したたかにほおをはたかれた。

大翔《ひろと》は頭《あたま》を下《した》にして、一直線《いっちょくせん》に落下《らっか》していく。校庭《こうてい》の遊具《ゆうぐ》が小《ちい》さくみえた。

「くっ！」

必死《ひっし》に腕《うで》をのばし、屋上《おくじょう》のフェンスをつかんだ。

しがみつくように這《は》いあがり、なんとか屋上《おくじょう》へ飛《と》びおりる。

はあはあと息《いき》をきらして、黒鬼《くろおに》をにらみあげた。

黒鬼《くろおに》は翼《つばさ》をはためかせ、空《そら》のうえから大翔《ひろと》を見下《みお》ろしている。

「ふん。空《そら》は、飛《と》ばないでおいてやるか……」

黒鬼《くろおに》は翼《つばさ》をたたみこむと、屋上《おくじょう》へ着地《ちゃくち》した。

「さあ、こいよ。大翔《ひろと》……。かかってこい……。いつもみたいにさ」

苦《くる》しげに息《いき》を荒《あら》らげながら、手招《てまね》きする。

大翔《ひろと》には、その様子《ようす》が、章吾《しょうご》に重《かさ》なってしかたない。

「……おまえ、本当《ほんとう》に、鬼《おに》なのか？」

大翔《ひろと》は黒鬼《くろおに》に問《と》いかける。

「ヒトの心《こころ》が、もどって――」

「ムダな、おしゃべりをしてる、よゆうがあるのか……？」

黒鬼《くろおに》は、断《た》ちきるようにいった。

「俺《おれ》は、鬼《おに》だよ……。残虐《ざんぎゃく》で、冷酷《れいこく》な、黒鬼《くろおに》だ……。てめえの大事《だいじ》な妹《いもうと》を、喰《く》い殺《ころ》そうとしてるんだ……」

グルル……。黒鬼《くろおに》ののどの奥《おく》から、獣《けもの》のようなうなり声《ごえ》がもれる。

ハア、ハア……と荒《あら》い呼吸《こきゅう》がまじる。

「だから、ヌルいこと、考《かんが》えんじゃ、ねえぞ……。本気《ほんき》で、かかってこい。本気《ほんき》の、鬼《おに》ごっこをしようぜ……」
そういって笑《わら》う黒鬼《くろおに》の目《め》のなかに、大翔《ひろと》はみつけた。
――人《ひと》を喰《く》いたい。
――ぶっこわしてやりたい。
鬼《おに》に染《そ》まった心《こころ》のなかに、最後《さいご》にのこった章吾《しょうご》のヒトの心《こころ》のかけらを。
――おまえと勝負《しょうぶ》したい。
「本気《ほんき》で追《お》ってこいよなあッ！」
黒鬼《くろおに》はほえると、屋上《おくじょう》を飛《と》びだしていった。
「くっ！」
大翔《ひろと》は、黒鬼《くろおに》のあとを追《お》って走《はし》った。ともかく、呪符《じゅふ》を貼《は》りつけなければ。
薄暗《うすぐら》い校舎《こうしゃ》の階段《かいだん》を、３段飛《だんと》ばしでかけおりていく。
月明《つきあ》かりがぼんやりと、のびた廊下《ろうか》をてらしだしている。

だれもいない小学校《しょうがっこう》に、2人《ふたり》の足音《あしおと》だけがひびきわたっていく。

黒鬼《くろおに》が図書室《としょしつ》にかけこんでいく。

大翔《ひろと》もあとを追《お》って飛《と》びこんだ。


ガタン！

ならんだ本棚《ほんだな》が、たおれかかってきた。

ガタンガタンッ！


黒鬼《くろおに》が走《はし》りながら、はじいているのだ。

「てめえは、いっつもこうやって俺《おれ》を追《お》っかけてきやがったよなあッ！　大翔《ひろと》ッ！」

乱暴《らんぼう》に本棚《ほんだな》をなぎたおしながら、黒鬼《くろおに》がほえる。

つぎつぎにたおれてくる本棚《ほんだな》につぶされかけながら、大翔《ひろと》は黒鬼《くろおに》のあとを追《お》う。

「ほかのやつらはみんな、俺《おれ》にかなうわけないってわかってたのに！　俺《おれ》には、それが、とうぜんだったのに！　おまえがあらわれてから、ぶちこわしだッ！　うろちょろ、うろちょろ、しやがってッ！」

大翔《ひろと》は、ぐるっと部屋《へや》をまわりこんだ。

黒鬼《くろおに》が、かるがると本棚《ほんだな》を持《も》ちあげてたっていた。

「うっぜえんだよ、つぶれやがれええッ！」

ぶんなげてきた。

大翔《ひろと》は身《み》を投《な》げだしてよけた。

壁《かべ》にあたってこわれた本棚《ほんだな》から、本《ほん》がバラバラと降《ふ》ってくる。

「ぐうっ……。オオァア……ッ！」

黒鬼《くろおに》が、苦《くる》しげなうめき声《ごえ》をあげた。

ぶるぶると首《くび》をふると、図書室《としょしつ》をでていく。

大翔《ひろと》は本《ほん》の山《やま》を乗《の》り越《こ》え、あとを追《お》った。

「グッオオオオォォオアアアアアー—っっ!!」

黒鬼《くろおに》がほえた。

校舎《こうしゃ》がふるえた。

パンパンパンッ、と、窓《まど》ガラスがくだけ散《ち》る。

「腹《はら》が、減《へ》った……減《へ》ったああァァっ！」

黒鬼《くろおに》はふらふらと廊下《ろうか》を歩《ある》いていくと、ならんだ教室《きょうしつ》の1つにはいった。

「章吾《しょうご》！」

大翔《ひろと》もあとを追《お》って、飛《と》びこんだ。

……だれもいない。

ぽたり。

しずくが肩《かた》にかかった瞬間《しゅんかん》、大翔《ひろと》は身《み》を投《な》げだした。

一瞬前《いっしゅんまえ》までいた場所《ばしょ》を、天井《てんじょう》から飛《と》びおりてきた黒鬼《くろおに》のカギ爪《づめ》がえぐる。

「グルルルルルルウ……ッ！」

黒鬼《くろおに》が牙《きば》をむいて大翔《ひろと》をにらみつける。ボタボタとヨダレが垂《た》れ落《お》ちる。

「喰《く》わセろ……。てめエの肉《にく》、喰《く》わセろよオォっ！」

「おことわりだッ！」

大翔《ひろと》は床《ゆか》をけって飛《と》びこんだ。

黒鬼《くろおに》のカギ爪《づめ》を寸前《すんぜん》でかわすと、ツノへ手《て》をのばした。呪符《じゅふ》を貼《は》りつける。

――ボッ

呪符《じゅふ》は一瞬《いっしゅん》にして燃《も》えあがり、灰《はい》になって崩《くず》れ落《お》ちた。

「だから！『浄《ジョウ》』なんか効《き》かねえっていってんだろうがあっ！」

「うっわあああ――っ！」

黒鬼《くろおに》が、大翔《ひろと》の右腕《みぎうで》をつかんでひっぱった。

大翔《ひろと》の体《からだ》は野球《やきゅう》のボールのように、ぶんっ！と投《な》げ飛《と》ばされた。

教室《きょうしつ》にならんだ机《つくえ》を、盛大《せいだい》に巻《ま》きこんでたおれる。

「ぐあ……」

「本気《ほんき》でこい……。殺《ころ》す気《き》でこいよ……。でなきゃ、ゆるさねえ、ぞ……」

黒鬼《くろおに》が机《つくえ》を乱暴《らんぼう》に押《お》しのけて、近《ちか》づいてくる。

埋《う》もれた大翔《ひろと》の足《あし》をつかんでひきずりだすと、宙《ちゅう》づりにしてほえた。

「殺《ころ》す気《き》でこねえなら――ブっ殺《ころ》すからなあァッ!!」

カギ爪《づめ》をふり下《お》ろした。

「だああっ！」

大翔《ひろと》は体《からだ》をひねってよけた。上着《うわぎ》がビリビリと爪《つめ》にひき裂《さ》かれる。

ふり子《こ》の要領《ようりょう》で跳《は》ねあがると、黒鬼《くろおに》のツノに手《て》をのばした。

呪符《じゅふ》を貼《は》りつけた。

「う……。ぐうッ……」

黒鬼《くろおに》が、つかんだ手《て》をはなし、よろよろとうしろへ後退《こうたい》していく。

ビシッ、ビシッ……と、体《からだ》が石《いし》になっていく。

「おまえ、ほんと、話《はなし》、聞《き》かねえよな……」

――ボッ

『封《フウ》』の札《ふだ》は青《あお》い炎《ほのお》につつまれて燃《も》えあがり、石《いし》になった部分《ぶぶん》がパラパラとくだけ散《ち》った。

「そうじゃねえって、いってんだろうがあァアッ！」

黒鬼《くろおに》が腕《うで》をなぎ払《はら》った。大翔《ひろと》は必死《ひっし》によけた。

「『滅《メツ》』だ……。俺《おれ》を止《と》めるには、『滅《メツ》』しかねえぞッ！」

血走《ちばし》った目《め》で、大翔《ひろと》をにらみつける。

「鬼《おに》の心《こころ》が、わめくんだよッ！　てめえなんか、喰《く》っちまえってよッ！　家族《かぞく》がいて！　友達《ともだち》だの、仲間《なかま》だの信《しん》じてて！　うっとうしい！　てめえなんか、大嫌《だいきら》いだってッ！　ぶっこわしちまえってさあぁッ！」

足《あし》をふりあげると、サッカーボールのように大翔《ひろと》をけり飛《と》ばした。

大翔《ひろと》は2階《かい》の窓《まど》をぶちやぶって宙《ちゅう》に投《な》げだされた。

中庭《なかにわ》にたたきつけられる。シャツの下《した》に貼《は》っていた『護《ゴ》』の符《ふ》が、灰《はい》になって散《ち》った。

のこる符《ふ》は、１枚《まい》しかない。

大翔《ひろと》はズボンのポケットを押《お》さえ……首《くび》をふった。

「グオオォォォォォォォォォォアアアア―――――ッ！」

黒鬼《くろおに》がベランダにあらわれてほえた。

「大翔《ひろと》！『滅《メツ》』の札《ふだ》をだせッ！　はやくしろバカッ！」

「章吾《しょうご》！」

「その名《な》で、呼《よ》ぶんじゃねえぇッ！」

「章吾《しょうご》っ！」

「俺《おれ》は、鬼《おに》だッ！　黒鬼《くろおに》だッ！　鬼《おに》を友達《ともだち》の名前《なまえ》で呼《よ》ぶバカが、どこにいるんだあぁッ！」

「章吾《しょうご》おっ!!」

ブンッ！

黒鬼《くろおに》が飛《と》びおりざま、カギ爪《づめ》をふり下《お》ろした。大翔《ひろと》の前髪《まえがみ》が宙《ちゅう》を舞《ま》う。

ブンッ！　ブンッ！

カギ爪《づめ》が鼻先《はなさき》をかすめる。血《ち》が垂《た》れる。

大翔《ひろと》はもうなにもできず、必死《ひっし》に後退《こうたい》していった。

壁際《かべぎわ》に追《お》いつめられた。

「しねッ！」

頭《あたま》めがけて、カギ爪《づめ》が繰《く》りだされた。

大翔《ひろと》は目《め》をつぶった。

ピタリ。

と、カギ爪《づめ》が止《と》まった。風《かぜ》が大翔《ひろと》の前髪《まえがみ》をなでた。

それから……泣《な》き声《ごえ》が聞《き》こえてきた。

大翔《ひろと》は目《め》をひらいた。

黒鬼《くろおに》が、必死《ひっし》に自分《じぶん》の腕《うで》を押《お》さえつけて、大翔《ひろと》をみつめていた。


「助《たす》けて、大翔《ひろと》……」


まぶたから、ぽろぽろと、大粒《おおつぶ》の涙《なみだ》がこぼれて落《お》ちる。

黒鬼《くろおに》は泣《な》いていた。

「助《たす》けてくれ……。俺《おれ》に、友達《ともだち》、喰《く》わせないでくれ……。俺《おれ》を止《と》めてくれよ……」

ひっく、ひっく、としゃくりあげている。

「こんな姿《すがた》に、なって……。母《かあ》さんも、死《し》んで……。おまえら以外《いがい》に、もう、なにもねえんだ……」

「…………」

章吾《しょうご》は泣《な》きながら、ニコッと笑《わら》った。

「おまえに負《ま》けて、終《お》わりたいんだ……」

「…………」

その言葉《ことば》を聞《き》いて。

——大翔《ひろと》はようやく、決心《けっしん》した。

ポケットをさぐると、その呪符《じゅふ》をとりだした。

真《ま》っ黒《くろ》い札《ふだ》。

章吾《しょうご》ごと鬼《おに》を討《う》ち滅《ほろ》ぼす『滅《メツ》』の札《ふだ》。

「おまえを助《たす》けるぞ」

大翔《ひろと》は章吾《しょうご》にうなずきかけると、『滅《メツ》』の札《ふだ》を掲《かか》げた。

「ありがと、大翔《ひろと》……。おまえと勝負《しょうぶ》できて、うれしかったぜ……」

黒鬼《くろおに》は、力《ちから》が抜《ぬ》けたように笑《わら》うと、目《め》を閉《と》じた。

「さよなら……」

そのまま、ツノに札《ふだ》が貼《は》りつけられるのを待《ま》った。

目《め》を閉《と》じたまま。待《ま》った。

じっと待《ま》った。

待《ま》ちつづけた。

ビリッ……


と、音《おと》が聞《き》こえた。

黒鬼《くろおに》は首《くび》をかしげた。


ビリッ……ビリリ～ッ……


「……ん？」

黒鬼《くろおに》は目《め》をひらいた。

ぱち、ぱち、と目《め》をまたたいた。

「……へ？」

心底不思議《しんそこふしぎ》そうに、首《くび》を一《ひと》ひねりして訊《き》く。

「……なに、やってんだ？」

「みてのとーり」

大翔《ひろと》は、べ～っと舌《した》をだした。

縦《たて》に2回《かい》。ビリッ。ビリッ。

横《よこ》に3回《かい》。ビリッ。ビリッ。ビリリィ～ッ。

……『滅《メッ》』の札《ふだ》を、ひきちぎっていく。

たちのぼっていた黒《くろ》いオーラが、煙《けむり》のように消《き》えていった。

こまかくちぎれた札《ふだ》をくしゃくしゃとまるめて……大翔《ひろと》は首《くび》をかしげた。

「滅《メッ》の札《ふだ》って、燃《も》えるゴミでいいのかな？」

「…………」

黒鬼《くろおに》は、ぽかんとして大翔《ひろと》の手《て》もとをみている。

「ちょっと……意味《いみ》が……わかんねえ……」

目《め》の前《まえ》の少年《しょうねん》をまじまじとみつめてうめく。

「なぜ、ちぎるんだよ……」

「だってさあ」

と、大翔《ひろと》は唇《くちびる》をとがらせた。

「負《ま》けて終《お》わりたい、とかいわれたら、腹《はら》たつじゃねえか」

「……は？」

「手《て》を抜《ぬ》かれてる感《かん》じ、するだろ。せっかく勝《か》ったって、わざと負《ま》けてもらった〜……みたいな感《かん》じ、するだろ？　そういうの、ずりぃ。俺《おれ》に本気《ほんき》でこいっていうなら、おまえだって、ちゃんと本気《ほんき》でこなきゃ」

「そ、そういう問題《もんだい》じゃ、ねえんだよバカが……」

黒鬼《くろおに》は、ぶるぶると首《くび》をふった。

「俺《おれ》は、おまえが、迷《まよ》わず俺《おれ》を滅《ほろ》ぼせるようにって、思《おも》って……」

「あ、めんどい。めんどくせえよ、そういう気遣《きづか》い。それにおれからいわせてもらえば、おまえのほうがバカなんだ」

「は……はあ？」

「肝心《かんじん》なところがみえてねえんだよ。自分《じぶん》には、なにもねえって？　寝言《ねごと》いうなよ」

大翔《ひろと》は腕組《うでぐ》みし、鼻息《はないき》を吐《つ》いた。黒鬼《くろおに》が、気圧《けお》されたように大翔《ひろと》をみつめている。

ニヤッと笑《わら》った。

「みんな、いるじゃねえか」

そのときだった。

中庭《なかにわ》の窓《まど》がひらいた。

黒鬼《くろおに》は気《き》づいてふりかえり……ハッと息《いき》をのんで立《た》ちつくした。

2

「はーっはっはっはっは！」

高笑《たかわら》いとともにあらわれたのは、2人組《ふたりぐみ》の男《おとこ》の子《こ》だった。

とうっ！　とわたり廊下《ろうか》から中庭《なかにわ》へ飛《と》びおりると、ふふんと得意《とくい》げに胸《むね》をはっている。

「おそくなったな！　関本和也《せきもとかずや》、ここに参上《さんじょう》だぜっ！」

「同《おな》じく、伊藤孝司《いとうこうじ》、ここに見参《けんざん》っ！」

ビシッ！　と、よくわからないポーズをきめて、鼻《はな》から荒《あら》い息《いき》を吐《つ》いている。

「おくれてすまねえ！　病院《びょういん》からつれだしてくるの、手間《てま》どっちゃってさあ！」

「看護師《かんごし》さんたちが、勝手《かって》に患者《かんじゃ》をつれだしちゃダメ！　って、怖《こわ》い顔《かお》して追《お》ってくるんだもん！」

「ま、ゴーインにふりきってきたんだがな！」

「いまごろ、家《いえ》かケーサツに連絡《れんらく》いってるかもね！　泣《な》きそう！」

はっはっは！　と、2人《ふたり》でえらそうに笑《わら》っている。

「…………」

黒鬼《くろおに》は、反応《はんのう》しなかった。

目《め》をまんまるに見《み》ひらいて、2人《ふたり》のうしろに控《ひか》えた人《ひと》をみている。

痩《や》せた体《からだ》つき。

入院着《にゅういんぎ》の上《うえ》から羽織《はお》ったカーディガン。

ちょっとやつれているけれど、きれいでやさしそうな女《おんな》の人《ひと》。

「いったい、なにをやってるの？　章吾《しょうご》」

……章吾《しょうご》のお母《かあ》さんだった。

立《た》ちつくす黒鬼《くろおに》を、腕組《うでぐ》みをして、にらんでいる。

「あなたが学校《がっこう》にきてるって聞《き》いて、関本《せきもと》くんと伊藤《いとう》くんに、つれてきてもらったの。いままで、なにしてたの？」

家出《いえで》した子供《こども》をしかるような口調《くちょう》で、唇《くちびる》をとがらせる。

「だまっていなくなるし。連絡一《れんらくひと》つよこさないし。あげく、そんな姿《すがた》になって。学校《がっこう》までこわして。友達《ともだち》の妹《いもうと》さんをつれだしたってどういうこと？　なんなの？　反抗期《はんこうき》なの？」

「………………」

まくしたてるお母《かあ》さんを、黒鬼《くろおに》は、ぽかん、と見《み》かえしている。

「……なんで？」

ふるえる声《こえ》で、いった。

「お母《かあ》さん……。しんだんじゃ、なかったの……？」

「勝手《かって》に親《おや》を殺《ころ》さないでちょうだい」

お母《かあ》さんがため息《いき》を吐《つ》いた。

「でも、あいつが……」

いいかけ、黒鬼《くろおに》はハッと息《いき》をのんだ。

「まさか……」

「そ。オレたち、章吾《しょうご》がいなくなってから、ずっと病院《びょういん》で見張《みは》りしてたんだけどさ」

と、和也《かずや》がいった。

「だから、杉下先生《すぎしたせんせい》がお母《かあ》さんのところにきたとき、その場《ば》にいたんだ。みてたんだよ」

と、孝司《こうじ》がつづいた。

2人《ふたり》はしゃべった。

話《はなし》は途中《とちゅう》まで、杉下先生《すぎしたせんせい》から聞《き》いたのと同《おな》じだった。

杉下先生《すぎしたせんせい》が、入院《にゅういん》している章吾《しょうご》のお母《かあ》さんのところに、見舞《みま》いのふりをしてやってきたこと。

安静《あんせい》にしていなくちゃいけないお母《かあ》さんに、章吾《しょうご》が鬼《おに》になったことを告《つ》げたこと。

でも……。

「ショックを受《う》けたお母《かあ》さんが、死《し》んじゃったなんて大《おお》ウソだっつうの」

「どころか、お母《かあ》さん、カンカンだったんだよ！」

『鬼《おに》になった⁉　あの子《こ》、なに考《かんが》えてるの！　ちょっとつれてきてください！　いいかげん、しかりつけてやらなくちゃ！』

……と、お母《かあ》さんは、杉下先生《すぎしたせんせい》に食《く》ってかかったらしい。

「それでオレたち、ホウキとか持《も》って、病室《びょうしつ》に踏《ふ》みこんでやったんだ！」

「杉下先生《すぎしたせんせい》、追《お》っ払《ぱら》ったってわけ！」

「鬼《おに》のくせに、弱《よわ》っちかったよな〜。それともオレらが強《つよ》すぎんのか？　な？　孝司《こうじ》」

「あせってスタコラ、逃《に》げてっちゃったもんね。きっと僕《ぼく》らが強《つよ》すぎなんだよ、和也《かずや》」

だよな〜っ！　と、２人《ふたり》でハイタッチしている。

「しかたないじゃないか。親《おや》が子《こ》を想《おも》う気持《きも》ちっていうのは、毒《どく》みたいなものなんだから」

……と、杉下先生《すぎしたせんせい》の声《こえ》がひびいた。

わたり廊下《ろうか》へ顔《かお》をむけると、悠《ゆう》がぴょこんと顔《かお》をだした。

掲《かか》げたペットボトルのなかから目玉《めだま》が、うらめしそうにお母《かあ》さんをにらんでいる。

「ほら、みんなにあやまりなさい。だましてゴメンナサイって」

悠《ゆう》がいう。

「はいはい。ごめんごめーん。お母《かあ》さん死《し》なせるのうまくいかなかったから、死《し》んだってウソつきましたあ〜。これでいい？」

目玉《めだま》が、不満《ふまん》たらたらな声《こえ》でいう。

「これだから『親《おや》』はいやなんだ。子供《こども》が鬼《おに》になったと知《し》ったら、ショック受《う》けて死《し》んでくれる予定《よてい》だったのに。まさか、つかみかかられるとは。そういうことされると、ウゲエエ……ってなるんだよ。うざい。親《おや》うざい」

「子供《こども》がピンチと聞《き》いて、ショック受《う》けて死《し》んでるひまなんてないでしょうに。むしろ自《じ》分《ぶん》が病気《びょうき》だってこと、忘《わす》れちゃったわよ」

章吾《しょうご》のお母《かあ》さんが、あきれたような声《こえ》をだした。

「意味《いみ》わかんない。理解不能《りかいふのう》だよ」

目玉《めだま》は、すねたようにジュースをかきまわしながらつづけた。

「しかたないから、章吾《しょうご》くんには、暗示《あんじ》でもかけようかなって」

「暗示《あんじ》……？」

「ほら、杉下先生《すぎしたせんせい》の目《め》には、人《ひと》をあやつる力《ちから》があったでしょう？」

と、悠《ゆう》。

「人《ひと》をあやつる力《ちから》……」

黒鬼《くろおに》は、ハッとした。

杉下先生《すぎしたせんせい》がその力《ちから》で、桜ヶ島小《さくらがじましょう》の人気教師《にんききょうし》になっていたことを思《おも》いだしたのだ。

「その力《ちから》で、金谷《かなや》くんに、〝お母《かあ》さんは死《し》んだ〟って、信《しん》じこませたんだよ、この目玉《めだま》は」

「うふふ。あのときの章吾《しょうご》くん、意識《いしき》がもうろうとしていたからね。暗示《あんじ》をかけるのも、カンタンだったんだよ」

「えらそうにしないの」

悠《ゆう》がペットボトルをシャカシャカふった。

やめて、目《め》がまわるよ〜、と目玉《めだま》がわめく。

「…………」

黒鬼《くろおに》は、だまりこんでいる。

「そんなわけで、お母《かあ》さんは無事《ぶじ》だよ。金谷《かなや》くん」

悠《ゆう》が黒鬼《くろおに》にうなずきかける。

「無事《ぶじ》どころか、鬼《おに》につかみかかるくらい、ピンピンしてんだ」

和也《かずや》がニシシと笑《わら》っていう。

「病気《びょうき》の調子《ちょうし》も、どんどん良《よ》くなってるんだよ」

孝司《こうじ》がいい添《そ》える。

「「だから、もどってきなよ」」

声《こえ》をそろえた。

「…………」

黒鬼《くろおに》は、首《くび》をふった。

「もう……おせえんだよ……」

うめくようにいう。

グルルル……のどの奥《おく》から、うなり声《ごえ》がもれる。

威嚇《いかく》するように牙《きば》を突《つ》きだし、カギ爪《づめ》をふりかざした。

「俺《おれ》は、鬼《おに》になったんだよ……ッ！　人間《にんげん》になんて、もう、もどれねえッ！　もう……ひきかえせねえんだよおッ！」

「……男《おとこ》の子《こ》って、めんどくさいわねえ」

と、あきれたような声《こえ》がひびいた。

葵《あおい》の声《こえ》だった。

＊

「おそくなったわね。あつめるのに、時間《じかん》かかっちゃって」

葵《あおい》が小走《こばし》りにやってくると、ぴょいっと中庭《なかにわ》に飛《と》びおりた。

そのうしろから、荒井先生《あらいせんせい》がのしのしと歩《ある》いてくる。

先生《せんせい》は、結衣《ゆい》を肩車《かたぐるま》していた。

楽《たの》しそうに髪《かみ》をぐちゃぐちゃとかきまぜる結衣《ゆい》に、荒井先生《あらいせんせい》は仏頂面《ぶっちょうづら》している。

「体育倉庫《たいいくそうこ》で、すやすや眠《ねむ》ってたぞ。さらわれた自覚《じかく》ゼロだ」

荒井先生《あらいせんせい》がいう。

「金谷《かなや》のおにーちゃん、どうせまた、おにーちゃんとケンカでもしたのかなって思《おも》って」

ニコ〜ッと笑《わら》って、結衣《ゆい》がいう。

「あのね。なかなおりしたいなら、ごめんなさいって、いえばいいんだよ」

「5歳児《さいじ》が正《ただ》しいな」

荒井先生《あらいせんせい》がため息《いき》を吐《つ》いた。

「ま、金谷《かなや》くんも大翔《ひろと》に負《ま》けず劣《おと》らず、強情《ごうじょう》だからね」

葵《あおい》が肩《かた》をすくめた。

ニヤッと笑《わら》って、手《て》にしたケータイをふってみせた。

「ここは強引《ごういん》にいかせてもらおうということで……あつまってもらったの。みんなに」

「みんな……？」

黒鬼《くろおに》がまゆをひそめる。

と。

遠《とお》くから、ざわざわと声《こえ》が聞《き》こえてきた。

グラウンドを横《よこ》ぎり、昇降口《しょうこうぐち》を抜《ぬ》け、あつまってくる話《はな》し声《ごえ》。

小学校《しょうがっこう》でいつも聞《き》いてた……子供《こども》たちの声《こえ》。

「……え？」

黒鬼《くろおに》は、ぽかんとした。

「相談《そうだん》したんだ。心《こころ》をヒトの形《かたち》につなぎとめるものがきずななら、多《おお》いほうが、いいかなって」

悠《ゆう》がニコッと笑《わら》っていった。

「仲間《なかま》は、なにもあたしたちだけじゃなくていいわよねって、呼《よ》びかけて、あつまってもらったの。グループメッセージで、流《なが》したのよね」

葵《あおい》が、ふふっと笑《わら》っていった。

「『金谷《かなや》くんの友達《ともだち》、学校《がっこう》に集合《しゅうごう》！』ってね」

「……俺《おれ》の、友達《ともだち》？」

黒鬼《くろおに》が目《め》をまたたく。

「そ、そんなの……」


「——金谷《かなや》、帰《かえ》ってきたってえ？」

と、男《おとこ》の子《こ》が1人《ひとり》、ひょいと顔《かお》をだした。

章吾《しょうご》と同《おな》じクラス、6年《ねん》1組《くみ》のクラスメイトだ。

立《た》ちつくした黒鬼《くろおに》を見《み》やると、げ、とうなった。

「うわあ……。鬼《おに》になっちまったって、マジだったのか。優等生《ゆうとうせい》ほど、グレるとあぶないっていうもんなあ……」

道《みち》、踏《ふ》みはずしすぎだぞお……と、あきれ顔《がお》で黒鬼《くろおに》をみている。

そのうしろから、べつの女《おんな》の子《こ》が顔《かお》をだした。

「金谷《かなや》くん、行方不明《ゆくえふめい》になってるあいだに、鬼《おに》になったって本当《ほんとう》!?　きゃっ！　コワイ……！」

6年《ねん》3組《くみ》の生徒《せいと》で、たしか、章吾《しょうご》のファンの1人《ひとり》だったはずだ。

黒鬼《くろおに》の姿《すがた》を見《み》て、びくびくとふるえ……あれ、でもよくみれば……と目《め》をまたたいた。

う〜ん、と腕組《うでぐ》みをして、首《くび》をひねって、

「……その路線《ろせん》も、ワイルドでカッコいいかも。うん。ロックかも。男子《だんし》は、ちょっとワルのほうがいいよね」

なにやら、ふんふんとうなずいている。

そのうしろから、さらにぞろぞろと、子供《こども》たちが顔《かお》をだしてきた。

「おーっす」

「きたよ〜」

「章吾《しょうご》、帰《かえ》ってきたって〜？」

みんな、桜ケ島小《さくらがじましょう》の生徒《せいと》たちだった。

黒鬼《くろおに》の姿《すがた》をしげしげとみつめて、うおお……、ともりあがりはじめる。

「章吾《しょうご》はすごいやつになるだろうとは思《おも》ってたけど……まさか、鬼《おに》ってなあ……。おどろいたぜ……」

あきれる男子生徒《だんしせいと》。

「そうかー？　金谷《かなや》ってもとから人間《にんげん》ばなれしてたし。いまさら人間《にんげん》やめたっていわれても、あんまおどろかねーや」

だれかがいった言葉《ことば》に、うなずくやつが数人《すうにん》。

「鬼《おに》って、小学校《しょうがっこう》にはかよえるの？　給食《きゅうしょく》とか、みんなと同《おな》じでいいの？」

だれかが訊《き》けば、

「やっぱり、お肉多《にくおお》めがいいんじゃね？　学校《がっこう》は……先生《せんせい》、怖《こわ》がりそうだよなあ」

だれかがこたえる。

「やっぱり、人間《にんげん》にもどったほうがいいんじゃない？」

「えー。鬼《おに》のままでもいいじゃん。強《つよ》そうでカッコいいし」

「なにいってんの！　鬼《おに》のままじゃ、結婚《けっこん》だって、できないんだよ！」

「それはおまえが金谷《かなや》とケッコンしたいだけだろ」

「鬼《おに》って結婚《けっこん》できないの？　できるんじゃない？　法律《ほうりつ》に、だめって書《か》いてないだろうし」

「金谷《かなや》より、おれと結婚《けっこん》しよーぜ！」

「ぜったい、いや！」

「ちょっとみんな！　しずかに！　しずかーに！」

好《す》き勝手話《かってはな》しはじめた子供《こども》たちに、葵《あおい》が声《こえ》をはりあげた。

「忘《わす》れないでよ！　用意《ようい》してたもの、あるでしょ！」

「そうだ、そうだ！」

と、子供《こども》たちはうなずいた。

1人《ひとり》があせあせと、カバンからなにかとりだした。

特大《とくだい》サイズの、横長《よこなが》の画用紙《がようし》だ。巻《ま》き物《もの》のように、クルクルと巻《ま》かれている。

ひろげると、みんなで手《て》に持《も》って掲《かか》げた。

「「「じゃんっ！」」」

【おかえり☆　章吾《しょうご》！】

ぶっといマジックで書《か》かれている。

そのわきに、たくさんのメッセージやイラストが、ごちゃごちゃとにぎやかに描《えが》きこまれている。

「……………」

黒鬼《くろおに》は立《た》ちつくしている。

「金谷《かなや》がいなくなったあと、みんなでつくったんだ。帰《かえ》ってきたら、おかえり会《かい》してやろうって、話《はな》しあってさ」

子供《こども》たちがうなずいた。

「金谷《かなや》、いなくなる前《まえ》、なんか怖《こわ》かったからさ。遠巻《とおま》きにしてたの、よくなかったなあって……反省《はんせい》したんだ」

「金谷《かなや》くんがお母《かあ》さんのことで大変《たいへん》だったこと、ぜんぜん知《し》らなかったから。ごめんね」

「おまえつきあい悪《わる》いからさあ。いけ好《す》かないやつだな〜って思《おも》ってたけど……ま、いろいろあるよな」

「うんうん。おまえも人《ひと》の子《こ》とわかって、安心《あんしん》したぜ。ま、いまは鬼《おに》だけど」

「それで、みんなで話《はな》しあってね。帰《かえ》ってきたら、なにも訊《き》かずに、まずはおかえり会《かい》しようって」

「ということで、金谷《かなや》、おかえり！」

「金谷《かなや》くん、おかえり！」

「おかえりなさい！」

「おっかえり〜！」


パンパンパンッ！


子供《こども》たちが紐《ひも》をひっぱると、いっせいにクラッカーがはじけて銀紙《ぎんがみ》が舞《ま》った。

みんな、ニコニコ笑《わら》って、黒鬼《くろおに》をみつめている。

黒鬼《くろおに》は、みんなの輪《わ》の中心《ちゅうしん》で、ぼうぜんと立《た》ちつくしている。

うつむいて。

背《せ》すじをふるわせて。

ひらひらと舞《ま》い落《お》ちる銀紙《ぎんがみ》を、鬼《おに》の体《からだ》にはりつけて。

「……どうして」

絞《しぼ》りだすようにいった。

「どうして、俺《おれ》なんかのために……」

「へへっ。まだ、わからねえのかよ？　やっぱり、バカはおまえだ」

大翔《ひろと》は、ニヤッと笑《わら》うと、手《て》のひらを拳《こぶし》でたたいた。

「さあ、こんどこそヒトにもどってもらうぜ。みんな、呪符《じゅふ》をたのむ！　――『浄《ジョウ》』だ！」

「「「おうっ！」」」

と、みんなが声《こえ》をそろえた。

葵《あおい》が筆《ふで》ペンをとりだすと、みんなが掲《かか》げた画用紙《がようし》に、ササッと『浄《ジョウ》』を書《か》きつけた。

「じゃあ、力《ちから》をこめるよ～！」

と、悠《ゆう》が画用紙《がようし》をひたいにあてた。

「お祈《いの》りするよ！　みんなもご一緒《いっしょ》に！　金谷《かなや》くんが、人《ひと》にもどりますよーにって！」

「「「おうっ！」」」

みんなも目《め》を閉《と》じ、祈《いの》りをささげた。友達《ともだち》が、帰《かえ》ってきますようにって。

画用紙《がようし》が、ぼうっ……と、淡《あわ》い光《ひかり》をはなちはじめた。

「こ、こんな呪符《じゅふ》があるかよ……」

黒鬼《くろおに》が、気圧《けお》されたようにあとずさる。

「ふふ。『滅《メツ》』なんかより強力《きょうりょく》な、特大呪符《とくだいじゅふ》よ。……逃《に》がさないわよ？」

葵《あおい》が腕組《うでぐ》みし、逃《に》げ道《みち》をふさいだ。

「えへへ。金谷《かなや》くんのあわてるところ、みてみたかったんだよ～」

悠《ゆう》が、ニコニコと笑《わら》って逃《に》げ道《みち》をふさぐ。

「年貢《ねんぐ》の納《おさ》めどきってやつだぜ、章吾《しょうご》」

「たまには金谷《かなや》くんにも、痛《いた》い目《め》みてもらわないとね」

和也《かずや》と孝司《こうじ》が、とおせんぼする。

子供《こども》たちが、ぐるりと黒鬼《くろおに》の包囲《ほうい》を固《かた》める。

荒井先生《あらいせんせい》は苦笑《くしょう》して、章吾《しょうご》のお母《かあ》さんはうれしそうに、子供《こども》たちと黒鬼《くろおに》をみつめている。

「わかったろ？」

大翔《ひろと》はニヤリと笑《わら》って、黒鬼《くろおに》に手《て》をのばした。

「おまえは、ひとりぼっちなんかじゃねえんだよ」

「くそッ！」

黒鬼《くろおに》の背《せ》から、バサリと翼《つばさ》が生《は》えた。

宙《ちゅう》に飛《と》んで逃《に》げようと――

『だめだよ、章吾《しょうご》。逃《に》がさない』

と、声《こえ》がひびいた。

黒鬼《くろおに》は、ハッとして地面《じめん》を見下《みお》ろした。

影鬼《かげおに》に影《かげ》を踏《ふ》んづけられ、足《あし》が地面《じめん》につなぎとめられて飛《と》びたてない。

『おまえは鬼《おに》として、失格《しっかく》だ。強《つよ》い鬼《おに》には、なれそうもない』

クスッと笑《わら》ってつづけた。

『だって、こんなにたくさん、友達《ともだち》がいるんだもん。おまえなんか、人間《にんげん》にもどっちゃえ』

「さあ、みんな！　貼《は》っちまえーっ！」

おかえり☆章
浄

「「「おうっ！」」」

子供《こども》たちは画用紙《がようし》を掲《かか》げると、ニヤニヤ笑《わら》って、包《つつ》むように黒鬼《くろおに》に巻《ま》きつけた。

――『浄《ジョウ》』。


画用紙《がようし》が光《ひか》りかがやいた。

ピカピカと、七色《なないろ》に、みんなが書《か》きこんだメッセージが光《ひか》った。

黒鬼《くろおに》の体《からだ》も、光《ひか》りかがやいた。

小学校《しょうがっこう》に、明々《あかあか》と、光《ひかり》の柱《はしら》がたちのぼった。


……まばゆくてらす光《ひかり》が消《き》えると、そこにはもう鬼《おに》の姿《すがた》はなく。

章吾《しょうご》がたっていた。

泣《な》きそうな顔《かお》をして、章吾《しょうご》は立《た》ちつくしていた。

3

「……なんで？」

章吾《しょうご》は、のどの奥《おく》でうめき声《ごえ》をあげた。

体《からだ》はヒトにもどっていた。

カギ爪《づめ》は消《き》えた。ツノも消《き》えた。全身《ぜんしん》をおおっていた黒《くろ》いオーラも、消《き》えうせた。

鬼《おに》の衝動《しょうどう》も、消《き》えてしまっていた。

喰《く》ってやりたい、ぶっこわしてやりたい……荒々《あらあら》しい気持《きも》ちは消《き》え去《さ》って、あとには戸惑《とまど》いばかりがのこった。

「……なんで、おまえらは……」

章吾《しょうご》は唇《くちびる》をかみしめて、まわりをみまわす。

子供《こども》たちがニコニコ笑《わら》って、章吾《しょうご》をみつめている。

泣《な》きたくなった。

わからない。

ちっとも、わからなかった。

どうしてこいつらは俺《おれ》なんかのために、ここまでするのだろうか？

俺《おれ》はみんなを裏《うら》ぎったのに。

鬼《おに》になったのに。

ひどいことしたのに。

「さあて。そんじゃ……おしおきタイムだぜえ」

大翔《ひろと》がニヤッと笑《わら》って、拳《こぶし》をたたく。

「………」

章吾《しょうご》は大翔《ひろと》と顔《かお》をあわせられない。

「くそおっ！」

くるりと背《せ》をむけて、走《はし》りだした。

かこんだ生徒《せいと》たちのあいだを乱暴《らんぼう》に抜《ぬ》けると、章吾《しょうご》は一目散《いちもくさん》に逃《に》げだしていった。

「あ、金谷《かなや》！」

「おい、どこいくんだよぉ！」

背中《せなか》から、みんなの声《こえ》が追《お》ってくる。

かまわず、章吾《しょうご》は走《はし》って逃《に》げた。走《はし》って、走《はし》った。

（こんなの、あんまりじゃねえかよ）

そう思《おも》った。

鬼《おに》のまま、たおされてしまえばよかったのに。

そうしたら、こんなにいたたまれない気持《きも》ちにならずにすんだのに。

おかえり？

いまさらどの面《つら》さげて、そんな言葉《ことば》かけてもらえるっていうんだ？

……逃《に》げていく章吾《しょうご》の背中《せなか》で。

「おっけー。わかったぜ、章吾《しょうご》」

大翔《ひろと》の声《こえ》がひびいた。

「勝負《しょうぶ》ってことだなあっ！」

タンッ、とかろやかに地面《じめん》をけると、走《はし》りはじめた。

章吾《しょうご》のうしろから、ダダダと追《お》いかけてくる。

「負《ま》けねえぞ！　勝《か》あつ！」

「は、はあ!?　いきなりなんだよ！」

章吾《しょうご》はあわてた。

「なんで追《お》ってくんだよおまえ！」

「競走《きょうそう》だよ！　勝《か》あつ！」

「意味《いみ》わかんねーよ！」

ほんとに意味《いみ》がわからなかった。

それでも章吾《しょうご》は勝負《しょうぶ》って言葉《ことば》に、急《せ》きたてられるようにして走《はし》りはじめた。

何回《なんかい》も、何十回《なんじゅっかい》も、やったことだったから。こいつと。

「それではみなさん！　男《おとこ》と男《おとこ》の真剣勝負《しんけんしょうぶ》！　いってみようかあっ！」

和也《かずや》がさけんだ。

みんなが歓声《かんせい》をあげる。

「青《あお》コーナー、天才《てんさい》すぎて、もう鬼《おに》にまでなった男《おとこ》・金谷章吾《かなやしょうご》！　赤《あか》コーナー、なぜか章《しょう》吾《ご》のライバルといいはる大物《おおもの》、大場大翔《おおばひろと》！　さあ、勝《か》つのはどっちだ！」

「章吾《しょうご》！」

「大翔《ひろと》！」

「どっちもがんばれっ！」

章吾《しょうご》は、ぐるりとグラウンドのほうへむけて走《はし》った。大翔《ひろと》が追《お》ってくる。

子供《こども》たちが昇降口《しょうこうぐち》を抜《ぬ》け、グラウンドへ走《はし》りでてきた。走《はし》る2人《ふたり》に声援《せいえん》を送《おく》る。

夜《よる》の小学校《しょうがっこう》は、歓声《かんせい》に包《つつ》まれた。

見《み》なれたいつものグラウンドが、月明《つきあ》かりにてらされてかがやいてみえた。

2人《ふたり》はグラウンドへさしかかった。

ぐるりと楕円《だえん》を描《えが》いたコースを、かけ抜《ぬ》けていく。

大翔《ひろと》が距離《きょり》をつめてくる。速《はや》い。

（くそ、負《ま》けてたまるか）と、章吾《しょうご》は思《おも》う。

足《あし》をふりあげる。

腕《うで》をふり抜《ぬ》く。


——気《き》がつけば。


考《かんが》えてたこと、全部《ぜんぶ》、頭《あたま》からふっ飛《と》んでしまってた。

となりを大翔《ひろと》が追《お》いあげてくる。負《ま》けるもんか。ほかのことなんて、どうでもよくなってた。

(ちくしょう。なんでだ。こいつのバカが、うつったんだ……)

走《はし》りながら、歯《は》をかみしめた。

(このバカのせいで……!)


「うっおおおおおおおおおお————————ッ!」

大翔《ひろと》のやつがほえた。うしろから追《お》いあげてくる。

速《はや》い。ふりきれない。なんなんだよ、おまえは。

(あーあ……)

章吾《しょうご》はなんだか、笑《わら》ってしまった。

(俺《おれ》の、負《ま》けかあ……)


「追《お》いついたあッ!!」


大翔《ひろと》が手《て》をのばした。

章吾《しょうご》の背《せ》にタッチする。

そのまま章吾《しょうご》を追《お》い抜《ぬ》き、走《はし》り抜《ぬ》けると——くるんとふりかえって、拳《こぶし》をふりかぶった。

「あのときの、おかえしだああッ!」

そういや以前《いぜん》、こいつをボコしてやったことがあったっけ。根《ね》に持《も》ちやがって。あーあ。

バキキッ！

大翔《ひろと》のパンチがほおを打《う》ち抜《ぬ》き、章吾《しょうご》はもんどり打《う》って地面《じめん》にたおれた。
ぜえぜえと息《いき》を荒《あら》らげながら、夜空《よぞら》にうかんだ月《つき》を見《み》あげる。きれいだな、と思《おも》った。

「おれの勝《か》ちぃ！　ついに章吾《しょうご》に、勝《か》ったぜえぇっ！」

とびあがってよろこぶ大翔《ひろと》の声《こえ》。
(まったく、こいつにはかなわねえや)
大《だい》の字《じ》にたおれたまま、章吾《しょうご》はため息《いき》を吐《つ》いた。
負《ま》けちまった。それがうれしかった。
本気《ほんき》で追《お》いかけてもらえたことが。
「なんで俺《おれ》なんかのためにって、いったな？」
たおれた章吾《しょうご》を、大翔《ひろと》が、ひょいっとのぞきこんだ。

ニッと笑《わら》った。

「そんなの、カンタンじゃねえか」

手《て》をのばす。

「友達《ともだち》、だからだよ」


章吾《しょうご》はまたため息《いき》を吐《つ》いた。

「……友達《ともだち》じゃねえよ。ライバル、だろ？」

大翔《ひろと》の手《て》を、ぎゅっ、とにぎりしめる。たちあがった。

気《き》づけば、パチパチと拍手《はくしゅ》が鳴《な》りひびいている。いい勝負《しょうぶ》だった、とみんながうなずく。

大翔《ひろと》と章吾《しょうご》は、拳《こぶし》をあわせた。


2人《ふたり》の鬼《おに》ごっこは、それでおしまい。

エピローグ

それからあとの出来事《できごと》について、カンタンに記《しる》しておくことにする。

まず、章吾《しょうご》は、お母《かあ》さんにめっちゃくちゃ怒《おこ》られることになった。

お母《かあ》さんは、章吾《しょうご》の耳《みみ》たぶをつかんでグラウンドのすみにひっぱっていくと、火山《かざん》の噴《ふん》火《か》のごとく声《こえ》をはりあげて怒《おこ》った。

——どうして鬼《おに》になんてなろうとしたの？　こまったら友達《ともだち》をたよりなさいっていっておいたじゃないの！

——家出《いえで》するにしても、連絡《れんらく》くらいはよこしなさいよ！　手紙《てがみ》をだした？　鬼《おに》に手紙《てがみ》わたしたって、にぎりつぶされるにきまってるじゃないの！　少《すこ》しは考《かんが》えなさい！

――お母《かあ》さんを助《たす》けたかった？　子供《こども》が親《おや》の心配《しんぱい》するなんて、十年《じゅうねん》はやいの！

――ていうか、学校《がっこう》いろいろこわしちゃって、どうするのよ、これ……。

ポコン、ポコン、と章吾《しょうご》の頭《あたま》にげんこつをおとして、しかりつけている。

怒《おこ》られてしょんぼりしている章吾《しょうご》を、大翔《ひろと》たちはニヤニヤとみつめていた。

かばってやるつもりなんてなかった。

だって、お母《かあ》さんに怒《おこ》られている章吾《しょうご》が……とても、うれしそうだったからだ。

ひとしきりまくしたてると、章吾《しょうご》のお母《かあ》さんは、はあーっと息《いき》を吐《は》きだした。

それから、章吾《しょうご》の頭《あたま》に、ぽんと手《て》をのせた。

「いままでごめんね。心配《しんぱい》かけたよね」

「…………」

「もうだいじょうぶよ。手術《しゅじゅつ》はうまくいったし、あなたの顔《かお》みたら、すっかり元気《げんき》になっちゃった」

「お母《かあ》さん……」

「また、一緒《いっしょ》に暮《く》らそうね」

「お母《かあ》さん……！」

章吾《しょうご》のまぶたに、涙《なみだ》がうかんだ。


「2人《ふたり》にしてあげましょ」

と、葵《あおい》が大翔《ひろと》と悠《ゆう》をひっぱった。

「なんだよ、いいとこなのに。あいつがお母《かあ》さんにわあわあ泣《な》きついてるとこなんて、もうみられないぜ」

「記念《きねん》に、写真《しゃしん》とか撮《と》っておきたいよねえ」

「意地悪《いじわる》ね」

葵《あおい》が強引《ごういん》に、大翔《ひろと》たちをひきずっていく。

ほかの子供《こども》たちも興味津々《きょうみしんしん》だったけれど、結局《けっきょく》、そのまま解散《かいさん》することになった。

大翔《ひろと》たちはつれだって帰路《きろ》についた。

「鬼《おに》になっても、お母《かあ》さんに怒《おこ》られちゃいちころだよなあ」

背中《せなか》ですやすやと眠《ねむ》ってる結衣《ゆい》を背負《せお》いなおし、大翔《ひろと》。

「お母《かあ》さんが怒《おこ》ってくれる、か。考《かんが》えてみれば、いいもんだよな。うらやましいぜ。うん」

「うらやましがるまでもなく、大翔《ひろと》もこれから、たっぷり怒《おこ》られると思《おも》うけど？」

「帰《かえ》りおそくなっちゃったし、電話《でんわ》の件《けん》で不審《ふしん》がられてるし、ボロボロだし……カミナリ落《お》ちるよね」

「げげ」

じっさい、家《いえ》に帰《かえ》ってからたっぷり怒《おこ》られた。

やっぱり、怒《おこ》られるのはいやだ。

＊

影鬼《かげおに》は、つぎの日《ひ》、グラウンドのすみに大翔《ひろと》たちを呼《よ》びだすと、いろいろごめんね、とあやまった。

『章吾《しょうご》にも、ごめんねって伝《つた》えておいて』

「自分《じぶん》でいえばいいのに」

『あわせる顔《かお》がないんだ。えへへ。ちょっと人間《にんげん》っぽいだろ？』

影鬼《かげおに》は笑《わら》って、大翔《ひろと》たちを見《み》あげた。

『おまえたちのやりかた、みせてもらった。鬼《おに》のおいらだけど……友達《ともだち》のつくりかた、ちょっとだけ、わかったような気《き》がするよ。人間《にんげん》はいいな』

まぶしそうに大翔《ひろと》たちを見《み》あげると、バイバイと手《て》をふった。

『もしもまた会《あ》うことがあったら、そのときは友達《ともだち》になってね』

またね。

影鬼《かげおに》はさびしそうに笑《わら》うと、走《はし》っていった。

校庭《こうてい》で遊《あそ》ぶたくさんの子供《こども》たちの影《かげ》に紛《まぎ》れて、すぐにみえなくなった。

＊

章吾《しょうご》がもどってしばらくのあいだ、大人《おとな》たちは、ひたすら首《くび》をひねることになった。なんせ小学生《しょうがくせい》が長《なが》いあいだ行方不明《ゆくえふめい》になって、ひょっこりもどってきたと思《おも》ったら、学校《がっこう》をこわして大《おお》あばれしたのだ。完全《かんぜん》に事件《じけん》だ。

子供《こども》たちは、先生《せんせい》やおまわりさんに事情《じじょう》を訊《き》かれたけれど、よく知《し》らないとそらっとぼけた。章吾当人《しょうごとうにん》は突《つ》っこんで追及《ついきゅう》されたみたいだけど、どうやってかわしたのかはよく知《し》らない。

ただ、問題《もんだい》はさして大《おお》きくならなかった。

「日《ひ》ごろのおこないがいいと、こういうとき楽《らく》だな」

と、章吾《しょうご》は肩《かた》をすくめた。

数日《すうじつ》がすぎ、1週間《しゅうかん》がすぎるころには、学校《がっこう》はもういつもどおりになっていた。

2週間《しゅうかん》がすぎるころ、章吾《しょうご》のお母《かあ》さんは退院《たいいん》した。

病気《びょうき》はすっかり良《よ》くなって、人間《にんげん》の生命力《せいめいりょく》っていうのはすごいものだと、医者《いしゃ》もおどろいていたそうだ。

章吾《しょうご》は、お母《かあ》さんと一緒《いっしょ》に暮《く》らしはじめた。

毎日《まいにち》のお見舞《みま》いがなくなったので、放課後《ほうかご》、ちょっと遊《あそ》んだりしている。

＊＊＊

その日《ひ》、大翔《ひろと》は小学校《しょうがっこう》の教室《きょうしつ》で、うわの空《そら》で授業《じゅぎょう》を受《う》けていた。

体育《たいいく》の時間《じかん》まで、あと30分《ぷん》。今日《きょう》の種目《しゅもく》は、100メートル走《そう》。そう、勝負《しょうぶ》の日《ひ》なのだ。

授業《じゅぎょう》なんて聞《き》いてられるか。時計《とけい》ばかりみている大翔《ひろと》に、先生《せんせい》からチョークが飛《と》んできた。

休《やす》み時間《じかん》のチャイムが鳴《な》ると、大翔《ひろと》は体操服《たいそうふく》に着替《きが》えて階段《かいだん》をかけおりた。

グラウンドへむかう途中《とちゅう》で、しげみがガサガサと音《おと》をたて、ぴょこんとなにかが飛《と》びだしてきた。

「よう」

と、みじかい足《あし》をあげたのは、ツノウサギだった。

大翔《ひろと》はあわてて飛《と》び退《すさ》った。

「キャキャキャキャ。警戒《けいかい》すんなよ！　ちょっとこれ、回収《かいしゅう》しにきただけだからさ！」

と、ツノウサギはペットボトルを掲《かか》げる。

ペットボトルのなかでは目玉《めだま》が、プカァ……と、力《ちから》なくうかんでいる。

「にしても、おまえら、これから大変《たいへん》だな～？」

ツノウサギが、パタパタと翼《つばさ》をはためかせた。

「なにが？」

と、大翔《ひろと》は目《め》をまたたく。

「かわいそうに。素直《すなお》に喰《く》われとけば、よかったのにねえ……」

目玉《めだま》がだらだらと涙《なみだ》を流《なが》した。

「……だから、なにが？」

大翔《ひろと》はまゆをひそめる。

「ま、せいぜい身《み》のまわりに気《き》をつけるこったな！　オレ様《さま》以外《いがい》に、喰《く》われんじゃねーぞ？　そんじゃな～。キャキャキャキャキャキャ！」

ツノウサギは一方的《いっぽうてき》に告《つ》げると、シャカシャカとペットボトルをふりながら、ぴょんぴょん跳《は》ねてどこかへいってしまった。やめて、目《め》がまわるよ～、と、目玉《めだま》のわめき声《ごえ》が遠《とお》ざかっていく。

「なんだ？　あいつら……」

大翔《ひろと》は首《くび》をかしげた。

気《き》づいてあとを追《お》ってみたけど、もう、だれの姿《すがた》もなかった。

＊

6時間目《じかんめ》のグラウンド。

体育《たいいく》の時間《じかん》がはじまった。

大翔《ひろと》と章吾《しょうご》がでていくと、スターターのピストルをマイクみたいにかまえて、和也《かずや》がいつものようにしゃべりたてた。

「それではみなさん、お待《ま》ちかね！　本日《ほんじつ》のメインカードの時間《じかん》がやってまいりましたア！　男《おとこ》と男《おとこ》の真剣勝負《しんけんしょうぶ》・イン・体育《たいいく》！　熾烈《しれつ》な競走《きょうそう》の頂点《ちょうてん》にたつのは、2人《ふたり》のどちらだ！　さあ、ご一緒《いっしょ》に！」

どちらだー！　とみんなが声《こえ》をそろえる。

悠《ゆう》がニコニコ笑《わら》ってこっちをみている。

葵《あおい》も女子《じょし》のなかから、興味深《きょうみぶか》そうに大翔《ひろと》たちをみている。

大翔《ひろと》は、もくもくと準備運動《じゅんびうんどう》をした。

屈伸《くっしん》をし、アキレス腱《けん》をのばす。

「そんじゃ、今日《きょう》もかるく勝《か》つとするか」

章吾《しょうご》がいうので、ムッとして唇《くちびる》をとがらせた。

「なにいってんだ。おれが勝《か》つっての」

「そっちこそなにいってんだ。結局《けっきょく》、あの日《ひ》からこっち、ずーっと負《ま》けつづきの、いつもの大翔《ひろと》じゃねーか。あの日《ひ》の走《はし》りは、夢《ゆめ》だったんじゃねーのか？」

「う、うるせー！　今日《きょう》は勝《か》つんだよ！」

「かるーく、ひねってやるよ。けっけけっけ」

「こ、こいつ、人間《にんげん》のくせに、鬼《おに》より性格悪《せいかくわ》りぃ……」

大翔《ひろと》は、スタートラインにたった。

章吾《しょうご》がとなりにならんだ。

大翔《ひろと》は、ふっ、と息《いき》を吐《つ》いていう。

「また、追《お》い抜《ぬ》くぞ」

「……やってみろ」

章吾《しょうご》はニヤリと笑《わら》ってこたえた。


さあ、勝負《しょうぶ》だ。負《ま》けないぞ。

位置《いち》について。

用意《ようい》。

どん！


2人《ふたり》はピストルの音《おと》とともに飛《と》びだすと、全速力《ぜんそくりょく》で走《はし》りはじめた。

第《だい》11弾《だん》へつづく

絶望《ぜつぼう》鬼《おに》ごっこ お楽《たの》しみに！

針《はり》とら先生《せんせい》へのおたより大募集《だいぼしゅう》！

▼あてさきはこちら

〒101-8050
東《とう》京《きょう》都《と》千《ち》代《よ》田《だ》区《く》一《ひと》ツ橋《ばし》2-5-10
集《しゅう》英《えい》社《しゃ》 みらい文《ぶん》庫《こ》編《へん》集《しゅう》部《ぶ》
針《はり》とら先生《せんせい》

これからも「絶望鬼《ぜつぼうおに》ごっこ」を楽《たの》しみにしてくれよな！

みんなからのおたよりは飛《と》びはねるくらいうれしいぞ！

集英社みらい文庫

絶望鬼《ぜつぼうおに》ごっこ
決着《けっちゃく》の地獄小学校《じごくしょうがっこう》

針《はり》とら 作

みもり 絵

ファンレターのあて先
〒101-8050 東京都千代田区一ツ橋2-5-10 集英社みらい文庫編集部
いただいたお便りは編集部から先生におわたしいたします。

2018年 4 月 30日 第1刷発行
2022年 1 月 19日 第8刷発行

発行者 北畠輝幸
発行所 株式会社 集英社
〒101-8050 東京都千代田区一ツ橋2-5-10
電話 編集部03-3230-6246
読者係03-3230-6080
販売部03-3230-6393(書店専用)
http://miraibunko.jp
装 丁 +++野田由美子 中島由佳理
印 刷 凸版印刷株式会社
製 本 凸版印刷株式会社

★この作品はフィクションです。実在の人物・団体・事件などにはいっさい関係ありません。
ISBN978-4-08-321429-5 C8293 N.D.C.913 190P 18cm

「みらい文庫《ぶんこ》」読者《どくしゃ》のみなさんへ

言葉《ことば》を学《まな》ぶ、感性《かんせい》を磨《みが》く、創造力《そうぞうりょく》を育《はぐく》む……、読書《どくしょ》は「人間力《にんげんりょく》」を高《たか》めるために欠《か》かせません。たった一枚《いちまい》のページをめくる向《む》こう側《がわ》に、未知《みち》の世界《せかい》、ドキドキのみらいが無限《むげん》に広《ひろ》がっている。これこそが「本《ほん》」だけが持《も》っているパワーです。

学校《がっこう》の朝《あさ》の読書《どくしょ》に、休《やす》み時間《じかん》に、放課後《ほうかご》に……。いつでも、どこでも、すぐに続《つづ》きを読《よ》みたくなるような、魅力《みりょく》に溢《あふ》れる本《ほん》をたくさん揃《そろ》えていきたい。読書《どくしょ》がくれる、心《こころ》がきらきらしたり胸《むね》がきゅんとする瞬間《しゅんかん》を体験《たいけん》してほしい、楽《たの》しんでほしい。みらいの日本《にほん》、そして世界《せかい》を担《にな》うみなさんが、やがて大人《おとな》になった時《とき》、「読書《どくしょ》の魅力《みりょく》を初《はじ》めて知《し》った本《ほん》」「自分《じぶん》のおこづかいで初《はじ》めて買《か》った一冊《いっさつ》」と思《おも》い出《だ》してくれるような作品《さくひん》を一所懸命《いっしょけんめい》、大切《たいせつ》に創《つく》っていきたい。

そんないっぱいの想《おも》いを込《こ》めながら、作家《さっか》の先生方《せんせいがた》と一緒《いっしょ》に、私《わたし》たちは素敵《すてき》な本作《ほんづく》りを続《つづ》けていきます。「みらい文庫《ぶんこ》」は、無限《むげん》の宇宙《うちゅう》に浮《う》かぶ星《ほし》のように、夢《ゆめ》をたたえ輝《かがや》きながら、次々《つぎつぎ》と新《あたら》しく生《う》まれ続《つづ》けます。

本《ほん》を持《も》つ、その手《て》の中《なか》に、ドキドキするみらい――。

本《ほん》の宇宙《うちゅう》から、自分《じぶん》だけの健《すこ》やかな空想力《くうそうりょく》を育《そだ》て、〝みらいの星《ほし》〟をたくさん見《み》つけてください。

そして、大切《たいせつ》なこと、大切《たいせつ》な人《ひと》をきちんと守《まも》る、強《つよ》くて、やさしい大人《おとな》になってくれることを心《こころ》から願《ねが》っています。

２０１１年《ねん》　春《はる》

集英社《しゅうえいしゃ》みらい文庫《ぶんこ》編集部《へんしゅうぶ》